원 테이블 식당

원 테이블 식당

제1판 제1쇄   2019년 9월 23일
제1판 제9쇄   2024년 5월 2일

지은이   유니게
펴낸이   이광호
주간   이근혜
편집   박지현
펴낸곳   ㈜**문학과지성사**
등록번호   제1993-000098호
주소   04034 서울 마포구 잔다리로7길 18 (서교동 377-20)
전화   02) 338-7224
팩스   02) 323-4180(편집)   02) 338-7221(영업)
전자우편   moonji@moonji.com
홈페이지   www.moonji.com

© 유니게, 2019. Printed in Seoul, Korea.

ISBN 978-89-320-3577-2 43810

이 도서의 국립중앙도서관 출판예정도서목록(CIP)은 서지정보유통지원시스템 홈페이지
(http://seoji.nl.go.kr)와 국가자료공동목록시스템(http://www.nl.go.kr/kolisnet)에서
이용하실 수 있습니다.(CIP제어번호: CIP2019035494)

원 테이블 식당

유니게
장편소설

문학과지성사

차례

희수와 나는   7

원 테이블 식당   10

우리만의 레시피   37

다른 방향을 향한 창   57

여름방학   84

두번째 싸움   100

그 밤의 일   120

지금, 우린   136

작가의 말   155

희수와 나는

희수와 나는 아주 오래된 친구다.
나는 이따금 희수와 함께 지낸 시간들을 손가락으로 꼽아본다.

열두 살의 봄 여름 가을 겨울.
열세 살의 봄 여름 가을 겨울.
열네 살의 봄 여름 가을 겨울.
열다섯 살의 봄 여름 가을 겨울.
열여섯 살의 봄 여름 가을 겨울.
열일곱 살의 봄 여름 가을 겨울.

그리고

열여덟 살의 봄과 여름.

나에게 희수처럼 오래된 친구는 없다. 열여섯 살 봄 이후로는 희
수 이외의 친구도 없었다. 그건 희수도 마찬가지다. 우린 그렇게
살아왔다. 꽤 오랫동안. 우리에겐 그게 당연했다.

우리가 이상하다고 생각하는 사람도 있었다. 우리가 지루하다
거나 답답할 거라고 생각하는 사람도 있었다. 우리 엄마도 그런 사
람 중 하나였다.

어쩌다 한 번씩 나는 희수에게 물어보았다.

"혹시 심심하거나 그렇진 않아?"

그럼 희수는 아주 거만한 목소리로 말했다.

"아니, 눈곱만큼도 안 그래."

그런 말을 할 때면 희수는 나를 보지 않았다. 탁자 위에 떨어진
빵 조각이나, 공중에 날아다니는 초파리나, 누군가가 벽에 써놓은
낙서나, 그게 무엇이든 어딘가 다른 곳을 보았다.

조금 시간이 지난 뒤에 희수는 나를 힐금거렸다. 멍멍이같이 큰
눈동자를 굴리며, 멍멍이처럼 킁킁 냄새를 맡으며 나를 탐색했다.

그럴 때면 나는 희수를 보지 않았다. 탁자 위에 떨어진 빵 조각
이나, 공중에 날아다니는 초파리나, 누군가가 벽에 써놓은 낙서
나, 그게 무엇이든 어딘가 다른 곳을 보았다.

우리는 이따금 살짝살짝 거짓말을 했다. 그렇게 긴 시간을 단짝
으로 지내려면 그런 기술이 필요했다.

하늘에 양털 구름이 예쁜 날이나, 목덜미를 타고 흐르는 땀을 바람이 시원하게 식혀줄 때, 시선을 땅바닥으로 내리깐 채 혼자서 톡톡 돌멩이를 차며 걸어갈 때, 나는 생각해본다.

남은 열여덟 살의 가을과 겨울, 그리고 열아홉 살의 봄 여름 가을 겨울에도 우리는 단짝이겠지? 스무 살에도? 서른 살에는 어떨까?

그런 생각이 들 때면 이 세상에 나를 빼고는 희수 한 사람밖에 존재하지 않는 것 같은 기분이 들었다. 모든 것은 적막에 싸이고, 그 적막을 깨뜨리지 않기 위해 살아 있는 모든 생명체가 조심조심 걸어 다녔다. 펄럭거리는 소리를 내지 않기 위해 느리게 날갯짓을 하며 조심조심 날거나. 숨바꼭질을 하거나, 팬터마임을 보거나, 먼저 말을 꺼내는 사람이 지게 되는 게임을 하듯이.

희수와 나는 그렇게 두 사람만의 세상에서 살고 있었다.

원 테이블 식당

꿈

희수가 열여섯 살 때, 희수의 부모님은 세상을 떠났다. 교통사고였다. 지방에서 있었던 사촌 동생의 결혼식에 가던 길이었다.

경찰이 희수의 휴대전화로 그 소식을 전했을 때, 나는 옆에서 아줌마가 만든 수제 감자칩을 깨물고 있었다. 희수의 부모님이 부재중인 그 밤에 함께 있기로 이미 1주일 전에 약속이 되어 있었다.

다음 날 학교에 가져갈 책가방과 잠옷을 챙겨서 나는 일찌감치 희수네 집으로 갔다. 우리는 수북이 쌓인 감자칩, 고구마칩, 당근칩과 빛깔 고운 오미자주스를 먹으며 난생처음으로 19금 영화를 보고 있었다.

감자칩을 마저 입에 털어 넣으며, 나는 희수의 얼굴이 일그러지는 것을 지켜봤다. 통화 내용을 알지 못했기 때문에 나는 희수의 표정을 이해할 수 없었다. 알았더라도 이해하지 못했을지 모르지

만. 희수의 표정은 몹시 난해했다. 짜증이 난 것도 같고, 놀란 것
도 같고, 아무 생각이 없는 것도 같았다.

"무슨 일이야?"

입안 가득 바삭거리는 소리를 삼키며 내가 물었다.

"몰라."

희수가 힘없이 고개를 저었다.

희수의 손에서 떨어지려는 휴대전화를 내가 잽싸게 받아 들었
다. 수화기 너머에서 낯선 남자의 목소리가 들려왔다. 거친 숨소
리와 함께 사이렌 소리도 들렸다. 무슨 말인가를 계속 반복했는
데, 병원 이름이었다. 내가 낯설고 거친 목소리를 듣고 있는 동안,
희수의 얼굴이 새파랗게 변해갔다. 희수의 입술은 조금도 빨갛지
않았다. 텔레비전 화면에 이상한 장면들이 이어졌다. 우리가 봐서
는 안 되는 장면들이었다.

벌을 받을지도 몰라.

문득 그런 생각이 들었다.

희수가 픽 쓰러졌다.

🥁

희수와 나는 초등학교 5학년 때 짝으로 처음 만났다. 가무잡잡

한 피부에 콧잔등에는 주근깨가 점점이 뿌려져 있고 긴 머리를 항상 양 갈래로 딴 희수가 처음부터 좋았던 것은 아니었다. 물론 싫지도 않았지만.

"안녕."

아침마다 나는 건성으로 인사하며 희수의 옆자리에 앉았다.

"안녕."

희수도 건성으로 인사했다.

희수와 나는 이미 어울리는 친구들이 있었다. 점심시간과 체육시간과 방과 후에 우리는 각각 따로 놀았다. 사건이 터지기 전까지, 우리는 옆자리에 앉았지만 서로에게 전혀 관심이 없었다.

반장 선거가 있던 날, 우리는 서로가 라이벌이라는 것을 알게 되었다. 적을 옆에 두고 아무것도 몰랐다니! 반장 후보로 준호를 추천하고서 열렬히 지지하는 희수의 모습을 보고 나는 입이 쩍 벌어졌다. 희수의 무리들이 덩달아 준호를 지지했다. 그러면서 저희끼리 눈을 맞춰가며 킥킥킥 웃어댔다. 희수가 당황해서 눈을 흘기는 것을 보니 더 확신이 갔다. 나는 입술을 지그시 깨물었다. 내 친구들에게서 쪽지가 날아왔다. 쟤, 준호 좋아하는 거 맞지? 헐……대박 사건. 너, 그냥 놔둘 거야?

물론 그럴 수 없었다. 준호는 내가 첫눈에 반해버린 아이였다. 5학년 첫날, 새로 배정받은 교실의 문을 열고 들어가려다 밖으로 나오던 준호와 정면으로 부딪혔다. 얼굴을 잔뜩 찌푸리고 고개를 드는데, 이건 뭐 만화에나 나올 법한 남자애가 내 앞에 서 있었다.

"어, 미안."

목소리도 좋고 매너도 좋은 준호가 내게 눈을 맞추며 사과했다.

바로 그 순간부터였다. 나는 매일 아침 준호를 보기 위해 일찌감 치 학교에 갔다. 이따금 1주일에 5일만 학교에 가야 한다는 사실이 서글펐다.

"저기, 희수야, 오늘 방과 후에 나랑 얘기 좀 할까?"

나는 흥분과 분노를 감추고 교양 있게 속삭였다.

"잠깐만, 잠깐만, 말 시키지 말아봐. 지금 너무 중요한 순간이란 말이야."

희수는 내 쪽으로 시선도 주지 않았다. 준호에게 꽂힌 두 눈동자 가 하트로 변해버릴 지경이었다. 속이 부글부글 끓었다. 나는 반 장 선거고 뭐고 다 잊어버린 채 희수만 노려보았다.

"아까 뭐라고 했지?"

한참이 지난 뒤에야 희수가 나를 보고 물었다.

"끝나고 나 좀 보고 가라고."

이번엔 표정 관리가 안 됐다. 목소리도 곱지 않았다.

"그래."

희수는 가볍게 대답했다. 너 따위는 얼마든지 상대해주겠다는 듯이.

희수와 나는 단둘이 얘기하기 위해 아파트 단지 안 놀이터로 들 어갔다. 대여섯 살쯤 되어 보이는 조무래기들이 소리를 질러대며 신나게 뛰어놀고 있었다.

"저…… 네가 잘 모르는 것 같아서 하는 말인데…… 사실 내가 준호를 좋아한 지 꽤 됐어. 첫눈에 반한 케이스거든."

나는 이쯤 말해주면 희수가 포기할 거라고 생각했다. 기본적인 양심과 의리가 있는 사람이라면 말이다. 하지만 희수는 대뜸 이렇게 되받아쳤다.

"무슨 소리야, 나는 준호를 좋아한 지 벌써 5년째야. 준호네 엄마가 원장님인 피아노 학원에 다니거든. 준호를 보려고 그 지겨운 걸 하루도 안 빠지고 다니는걸."

희수가 말도 안 된다는 표정으로 깔깔깔 웃었다.

결국 우리는 눈을 흘기고 소리를 질러가며 싸웠다. 놀이터에서 놀고 있던 조무래기들이 놀란 표정으로 우리를 구경했다. 울음을 터뜨리는 애도 있었다. 가벼운 몸싸움이 점점 과격해졌다. 분명 머리채를 먼저 잡은 것은 희수였다.

"이게 무슨 일이야?"

어디선가 하이 톤의 아줌마가 나타났다.

"엄마, 얘가…… 이 나쁜 년이 내 머리카락을 뜯었어."

갑자기 희수가 앙 울음을 터뜨렸다.

엄마? 엄마라고? 갑자기 풀이 죽었다. 나는 어릴 적부터 '엄마'라는 무기를 들이대는 아이들이 제일 무서웠다. 그건 내가 쓸 수 없는 무기였다. 전세가 너무 불리해졌다. 가슴이 콩닥콩닥 뛰기 시작했다.

"어디 봐, 어디가 어떻게 됐는데?"

아줌마는 희수의 머리를 이리저리 살펴보았다. 그러더니 나에게로 획 돌아섰다.

"너도 이리 와봐. 너는 어디 안 다쳤어?"

아줌마가 나를 이리저리 돌려가며 살펴보았다.

"둘 다 별로 안 다쳤네. 이 정도면 괜찮아. 집에 가서 떡볶이나 해 먹자."

아줌마는 획 돌아서더니 경쾌한 발걸음으로 앞장서서 걸어갔다. 아줌마가 걸음을 내디딜 때마다 노란색 잔꽃무늬 원피스가 살랑살랑 흔들렸다.

"뭐 해? 떡볶이 안 먹을 거야?"

희수가 퉁명스럽게 말하며 걸어갔다.

나는 두 사람의 뒷모습을 바라보며 우두커니 서 있었다. 희수 엄마와 희수의 걸음걸이가 똑같다는 생각을 했다.

"야, 빨리 따라와. 너 우리 집 모르잖아."

희수가 뒤를 돌아보며 소리쳤다.

나도 모르게 희수를 따라 걷고 있었다. 저렇게 치마를 살랑거리며 걷는 아줌마가 떡볶이에 독을 넣지는 않을 것 같았다.

희수네 집은 우리 집만큼 크지 않았다. 소파도 텔레비전도 거실장도 아담했는데, 주방과 거실의 중간쯤에 걸쳐 있는 식탁만 커다랬다. 하얀색 칠을 한 나무 위에 파란색 타일이 박힌 직사각형의 식탁 한가운데에는 노란색 튤립이 꽂힌 유리 화병이, 화병 양옆으로는 반쯤 타다 만 자그마한 초가 놓여 있었다.

아줌마가 뚝딱뚝딱 떡볶이를 만드는 동안, 나와 희수는 소파에 뚱하게 앉아 있었다. 우리는 방금 전까지 머리채를 움켜쥐고 싸웠던 사이였다.

반쯤 열린 창문으로 늦은 오후의 강렬한 햇살이 쏟아졌다. 이따금 봄바람도 불어왔다. 바람이 불어오면 하얀 레이스 커튼이 펄럭였다. 아줌마의 콧노래와 매콤한 떡볶이 냄새가 주위를 맴돌았다. 나도 모르게 콧구멍이 벌름거리고 침이 고였다.

아늑하다거나 평화롭다는 것이 이런 걸까? 생전 처음 느껴보는 낯선 감정에 어지러움이 일었다.

"자, 손님들! 어서 자리에 앉으시죠."

아줌마가 일부러 코맹맹이 소리를 내며 말했다.

"아우, 배고파."

희수가 벌떡 일어나서 성큼성큼 걸어갔다.

나도 엉거주춤 일어났지만, 선뜻 발걸음이 떨어지지 않았다.

"혹시 매운 거 안 좋아하니? 다른 거 만들어줄까?"

아줌마가 눈을 동그랗게 뜨고 물었다.

"아니에요."

나는 그제야 못 이기는 척 식탁 의자에 앉았다.

푸른빛이 도는 둥근 접시에 새빨간 떡볶이가 소복이 담겨 있고, 그 위에 치즈 가루가 녹아내리고, 또 그 위에 파슬리 가루가 조금 뿌려져 있었다. 내 앞에 놓인 은색 포크로 치즈가 덮인 떡볶이를 집어 입에 넣었다. 나도 모르게 탄성이 새어 나왔다. 지금까지 내가 먹어온 치즈 떡볶이와는 차원이 달랐다. 무언가 특별한 맛이 있었다. 내가 더 어렸다면, 아줌마가 마녀라서 마법의 가루를 몰래 뿌린 것이라고 생각했을 거다.

나는 어느새 새침 떠는 일 따위는 잊어버리고 정신없이 떡볶이를 흡입하기 시작했다. 그러다 고개를 들어보니 아줌마가 재밌다는 듯 웃으며 나를 지켜보고 있었다. 그 옆에서 희수는 의기양양한 얼굴로, 그럴 줄 알았다는 듯이, 너라고 별수 있겠냐는 듯이, 코웃음을 쳤다. 나는 열두 살이나 되었는데도 불구하고 이들 모녀가 마녀들은 아닐까 의심이 들었다.

결국 희수와 나는 단짝이 되었다. 쉬는 시간에도 점심시간에도 방과 후에도 어울려 놀았다. 희수의 친구들과 내 친구들이 다 같이 한 무리로 놀기도 했다. 그러다 점점 둘이서만 어울리는 시간이 많아졌다. 주로 희수네 집에서 놀았다.

희수 엄마는 늘 집에 있었다. 늘 화사한 웃음으로 나를 맞아주고 늘 맛있는 음식을 해주고, 우리와 함께 보드게임을 하며 깔깔깔 웃었다. 이따금 일찍 귀가한 희수 아빠도 함께 게임을 했다. 나는 그게 정말 이상하면서도 좋았다. 우리 엄마, 아빠가 하지 않는 일을 그토록 자연스럽게 한다는 사실이 낯설면서도 매력적으로 느껴졌다.

이따금 나도 희수처럼 편하게 농담을 하고 장난을 치고 어리광을 부리고 싶었다. 그래도 아줌마는 다 받아줄 것만 같았다. 아무도 몰래 나는 슬쩍슬쩍 도발을 했다. 친구의 엄마가 아닌 진짜 엄마라도 되는 듯 선을 넘은 것이다. 다행히 눈치를 못 챈 것인지, 희수는 매일매일 자기네 집으로 가자고 졸랐다.

참, 우리의 열렬한 지지 덕분에 준호는 반장이 되었다. 그리고 부반장으로 뽑힌 여자애와 1주일이 못 되어 사랑에 빠졌다. 죽 쒀서 개 줬다. 우리는 준호 엄마가 반장 턱으로 돌린 햄버거를, 그 몹쓸 계집애의 엄마가 부반장 턱으로 돌린 콜라와 함께 꾸역꾸역 삼키며 쓰린 속을 달래야 했다.

✿

희수는 장례식장에 한 번도 나타나지 않았다. 나는 첫날은 엄마와 함께, 둘째 날은 담임과 몇몇 반 아이들과 함께, 셋째 날은 혼자 아줌마에게 작별 인사를 하러 갔다. 엄마가 옆에 있어서 눈물을 참으려고 했지만, 그렇게 되지 않았다. 도무지 눈물이 멈출 생각을 안 했다.

"누가 보면 네 엄마가 죽은 줄 알겠다."

엄마가 눈을 흘기며 속삭였다.

사실 엄마가 죽어도 그만큼 슬프지는 않을 것 같았다.

"희수는요?"

아줌마를 닮은, 아줌마보다 훨씬 젊어 보이는 여자에게 물었다.

"희수 기다리니? 희수는 외할머니와 함께 있어. 아마도 못 올 것 같아."

"희수는 괜찮아요?"

"모르겠어. 지금은 잠만 자."

아기처럼 희수는 모든 현실을 잊고 잠을 자고 있었다. 꿈속에서 아줌마와 함께 재미있게 놀고 있을지도 몰랐다. 어쩌면 희수가 좋아하는 로제 스파게티를 만들어 보랏빛 피클과 함께 먹고 있을지도. 아줌마와 희수는 쩝쩝 소리를 내며 먹다가 서로를 바라보고 깔깔깔 웃을 것이다. 갑자기 희수가 부러웠다. 나도 그 꿈속에 함께 있을 수 있다면……

나는 나란히 놓인 아줌마와 아저씨의 영정 사진을 말없이 응시했다. 아줌마보다 아저씨가 더 젊어 보였다. 아저씨의 사진이 더 오래된 것이었기 때문이다. 아줌마의 사진은 최근에 찍은 것이었다. 사진 속 아줌마는 여전히 아름답고 활기차 보였다. 영정 사진을 둘러싸고 사방에 국화꽃이 수없이 꽂혀 있었다. 아줌마가 끝없이 펼쳐진 국화밭을 걸어가는 것만 같았다. 국화처럼 하얀 원피스를 살랑살랑 흔들면서. 나는 아줌마의 모습을 넋을 잃고 보고 있었다.

그런데 아줌마가 돌아서서 내 이름을 불렀다.

'세영아!'

경쾌한 아줌마의 목소리가 또렷이 내 마음속에 울렸다.

'네!'

나는 눈물을 흘리며 마음으로 대답했다.

'약속 하나만 해줄래?'

나는 고개를 끄덕였다. 이미 내 얼굴은 눈물과 콧물로 범벅이 되어 있었다.

'우리 희수 옆에 있어줘.'

나는 눈물을 닦으며 고개를 끄덕였다. 아줌마가 볼 수 있도록 계속해서 고개를 끄덕였다.

'고마워, 세영아.'

아줌마가 돌아서서 다시 국화밭을 걸어갔다. 국화처럼 하얀 원피스를 입고서. 아줌마는 점점 멀어지더니, 결국 국화밭 속으로 사라졌다.
주위에 사람들이 많았지만, 아무도 국화밭으로 걸어가는 아줌마를 보지 못했다. 희수도 그 자리에 없었다.
나는 그 일에 대해 아무에게도 말하지 않았다. 한동안 나는 잠자리에 들 때마다 그 장면을 떠올렸다. 처음에는 늘 눈물이 났다. 나중에는 눈물은 나지 않았지만, 그 장면은 여전히 생생했다.

나는 무슨 일이 있어도 아줌마와의 약속을 지킬 생각이었다.

꽃

엄마는 대기업에 다녔다. 여자라고 해서 일을 덜하려 들었다간 살아남을 수 없다는 게 엄마의 지론이었다. 그래서 엄마는 아빠만큼 일찍 출근하고 아빠만큼 늦게 귀가했다.

다른 점이 있다면 아빠는 쉽게 포기가 되었는데, 엄마는 그렇지 않았다는 것이다. 꽤 오래도록 나는 엄마를 기다렸다.

어떤 날은 밤 12시가 되어도 엄마도 아빠도 돌아오지 않았다. 나는 이어폰을 끼고 음악을 들으며 잠을 잤다. 아주 오랫동안 나는 어둠 속을 떠도는 알 수 없는 형체와 필사적으로 싸워야 했다. 눈을 꼭 감아도, 이불을 뒤집어써도 괴물은 좀처럼 사라지지 않았다.

우리 집은 늘 비어 있었다. 오전에 도우미 아줌마가 와서 청소를 하고 저녁 식사를 차려놓고 갔다. 나는 얼굴도 보지 못한 아줌마가 차려놓고 간 음식이 먹기 싫어서 편의점에서 삼각김밥이나 도시락을 사다 먹었다. 소풍을 갈 때도 엄마는 김밥을 직접 싸주지 않았다. 어릴 때는 근처 김밥집에 미리 주문해놓은 김밥을 찾아 갔다. 크면서는 귀찮아서 그냥 삼각김밥이나 햄버거를 사 먹었다.

주말이라고 해서 다를 것은 없었다. 엄마나 아빠 중 한 사람은 골프를 치러 가고, 다른 한 사람은 밀린 잠을 늘어지게 잤다. 두 사람이나 열심히 일했으므로 우리 집은 언제나 잘살았다. 하지만 그래서 좋은 게 뭔지 나는 알 수가 없었다. 나는 특별히 갖고 싶은 것도 특별히 하고 싶은 것도 없었다. 나는 그렇게 돈이 많이 필요한 사람이 아니었다. 내가 보기엔 엄마도 아빠도 마찬가지였다. 나는 어딘가에 쌓여서 썩어가고 있을지도 모를 지폐들을 상상해보았다. 한숨이 절로 나왔다.

희수와 단짝이 되면서 나는 희수네 집에서 살다시피 했다. 집까지 혼자 걸어가는 걸 죽기보다 싫어하는 희수를 데려다준다는 핑계로, 매일 희수네 집으로 갔다. 그럴 때마다 아줌마는 환하게 웃으며 맞아주었다. 나는 그렇게 잘 웃는 사람을 처음 보았다.

"얘들아, 오늘은 뭘 해 먹을까?"

아줌마는 천성적으로 요리하는 것을 좋아했다. 뭐든 뚝딱뚝딱 해냈는데, 언제나 맛있었다. 그리고 특별한 뭔가를 가미했다. 화병에 꽂힌 꽃잎을 따서 장식을 하거나, 치즈 가루를 눈꽃처럼 흩뿌리거나, 새로운 드레싱을 개발하거나, 기존의 레시피를 살짝 바꿔서 특별한 요리로 만들어냈다. 열두 살, 내 눈에 비친 아줌마는 마술사였다.

"아줌마는 왜 음식점을 안 차려요? 손님들이 엄청나게 많이 올 텐데……"

어느 날 내가 물었다.

"눈치 못 챘니? 너희가 내 손님이야. 여긴 너희만을 위한 원 테이블 식당이란다."

"원 테이블 식당이요?"

"우리 엄마가 결혼 전에 테이블이 딱 하나만 있는 작은 음식점을 했대."

"테이블이 고작 하나라고요?"

"음, 누군가의 특별한 날을 축하해주는 게 콘셉트였거든. 매일 다른 사람들이 우리 가게에 와서 생일 파티를 하거나, 프러포즈를 했단다."

"오, 너무 멋졌겠어요."

"응, 멋졌지. 특별한 날에 내가 만든 음식을 먹으며 행복해하는 사람들을 보면 가슴이 두근거렸지."

"우리 아빠도 다른 여자에게 프러포즈를 할 생각으로 엄마 가게에 갔었대."

"정말이에요?"

나는 눈을 크게 뜨고 아줌마를 바라보았다.

아줌마가 회상에 잠긴 듯 눈을 가늘게 뜨고 미소를 지었다.

"엄마가 만든 음식과 엄마의 웃음소리에 반한 아빠는 준비해간 반지를 다시 가방에 살며시 넣었대. 아빠의 프러포즈를 기다리던 여자는 기다려도 기다려도 중요한 얘기가 나오지 않자, 초조해하더래."

"게다가 네 아빠가 자꾸 나를 힐금거리는 거야. 나는 또 뭘 더 달라는 건가 싶어서 물컵도 다시 채워주고, 피클도 더 가져다주고,

커피도 더 따라주었지. 그런데도 자꾸 힐금거리는 거야. 참 이상한 남자다 싶었지."

우리는 그 상황을 그려보곤 다 같이 깔깔거리며 웃었다.

"그래서 어떻게 됐어요?"

"1주일 뒤에 희수 아빠가 찾아와서 말하더라. 도저히 안 되겠다고. 우리 한번 만나보자고."

"그 후로 원 테이블 식당은 아빠와 엄마만의 공간이 되었다나. 엄마는 더 이상 손님을 받지 않았대."

"이게 그때 그 테이블이란다. 자, 이제 오늘의 요리를 먹어볼까요?"

이후로 우리는 식탁을 언제나 '원 테이블 식당'이라고 불렀다. 원형도 타원형도 아닌 직사각형 식탁 입장에서는 기분 나쁠 수도 있었지만, 어쩔 수 없었다. 그건 우리 사이의 암호나 상징 같은 것이었다. 행복, 웃음, 농담, 친밀함, 추억 같은 단어들을 모두 넣고 끓인 뒤, 마법의 가루를 살짝 넣고 잘 저어 만들어낸 상징이었다.

맛있고 아름다운 음식은 언제나 순식간에 사라졌다. 우리는 젓가락을 들고 게걸스럽게 달려들었다. 아줌마도 예외는 아니었다. 항상 깡마른 아이였던 나는 어느새 볼살이 통통하게 올라서 모두를 놀라게 했다.

음식을 먹고 난 후엔 다 같이 치웠다. 집안일은 도우미 아줌마나 식기세척기, 로봇 청소기, 세탁기만 하는 줄 알았던 내게 그것 또한 하나의 놀이였다. 희수네 집에 있는 동안, 나는 계속 웃어댔다.

하루는 내 웃음소리가 너무 커서 깜짝 놀랐다. 아줌마의 웃음이 나에게도 전염된 것이었다.

희수와 어울리면서 나는 더 이상 삼각김밥도 햄버거도 편의점 도시락도 먹지 않았다. 소풍이나 견학을 갈 때면 희수 손에는 두 개의 도시락이 들려 있었다. 희수가 내민 도시락을 받아 들며 처음에는 좀 이상한 기분이 들었지만, 점점 아무렇지도 않게 여겨졌다.

"너희는 왜 도시락이 똑같아?"

종종 아이들이 물었다.

"같은 음식점에서 주문했거든."

우리는 마주 보고 깔깔깔 웃었다.

"거기가 어딘데?"

알록달록 예쁘게 꾸며진 우리의 도시락을 보며 아이들은 눈이 휘둥그레져서 물었다.

"원 테이블 식당."

우리는 이구동성으로 소리쳤다.

❦

한참이 지나도록 엄마는 아무것도 알지 못했다. 열네 살의 봄, 자궁에서 제법 크게 자라버린 물혹을 제거하기 위해 엄마가 병가를 내지 않았다면 끝까지 몰랐을지도 모른다.

어릴 때, 나는 엄마가 집에 있기를 바랐다. 엄마가 나와 놀아줬으면. 텔레비전에 나오는 장면처럼 잠들 때까지 내 옆에서 책을 읽어줬으면. 나를 데리고 어딘가 멋진 곳으로 놀러 가줬으면. 시간 가는 줄 모르고 나와 한바탕 수다를 떨어줬으면.

하지만 나는 어느새 엄마가 집에 없는 것에 익숙해져버렸다. 엄마가 출근을 하지 않던 2주가 나에게는 두 달처럼 느껴졌다.

학교가 끝나면 바로 집으로 돌아와야 했다. 엄마와 마주 보고 앉아 도우미 아줌마가 만들어놓고 간 지루한 음식으로 저녁을 때워야 했다.

저녁을 먹는 동안, 엄마는 내 공부에 대해 몇 가지 물었다. 나는 아주 간단하게 대답했다. 엄마는 내 성적이 좀 염려가 되는 듯했지만, 아직 어리니까 괜찮다고 생각하는 것 같았다. 다른 집 아빠들이 자식 성적에 크게 관심을 갖지 않듯, 우리 엄마도 그랬다. 어차피 염려한다고 다른 엄마들처럼 극성을 떨 여유도 없었다. 엄마에게는 회사가 1순위였다.

우리는 별말 없이 식사를 했다. 엄마가 있어도 적막하긴 마찬가지였다.

식사가 끝나면 내 방에 들어가 공부를 하는 척했다. 엘리트 코스만 밟아온 엄마와 아빠의 딸이라면 그래야 한다고 생각했다. 수학 문제집을 펼쳐놓고 두세 문제를 겨우 풀고 있으면 어김없이 희수가 휴대전화로 사진을 보내왔다. '오늘의 요리'를 찍은 것이었다. 보기만 해도 군침이 돌았다. 사실 음식보다도 그 음식을 앞에 두고 품평회를 하며 수다를 떠는 시간이 너무나 그리워서 온몸에 좀이

쑤셨다.

1주일쯤 지나자 인내심에 한계가 왔다. 나는 집으로 곧장 가는 대신, 희수네로 가기 위해 엄마에게 거짓말을 했다. 어떤 날은 생일 초대를 받았고, 어떤 날은 조별 과제를 하기 위해 친구 집에서 모여야 했고, 다른 날은 또 다른 이유를 둘러댔다. 그 이유들을 만들어내기 위해 희수와 나는 골치가 아팠다.

"어머, 이게 누구야! 우리 단골손님이 드디어 돌아왔네."

아줌마는 나를 보자마자 꼭 안아주었다. 아줌마의 온기가 내 몸속으로 스며들자 마음까지 따뜻해졌다. 아줌마에게서 고소한 기름 냄새가 났다. 아줌마의 웃음이 또 내게 옮겨 붙어서 나도 어느새 깔깔거리고 있었다.

"엄마가 아프시다며? 이젠 괜찮으신 거니?"

아줌마가 걱정스러운 얼굴로 물었다.

사실대로 말했다가는 집으로 돌아가게 될까 봐 나는 고개를 크게 끄덕였다.

"다 나으셨어요."

"정말 다행이다. 역시 엄마한테는 딸이 최고지."

아줌마가 대견하다는 듯이 내 머리를 쓰다듬는 바람에, 살짝 양심에 찔렸다. 엄마에게 미안한 게 아니라 착한 아줌마에게 거짓말을 하는 게 미안했다.

"엄마, 오늘의 메뉴는?"

옆에서 희수가 큰 소리로 물었다. 자신의 존재를 잊지 말라는 듯이.

그날 저녁, 각종 해산물이 잔뜩 들어간 해물파전을 아줌마는 와인과 함께, 우리는 포도주스와 함께 맛있게 먹었다. 아줌마가 화장실에 간 사이에, 희수와 나는 와인을 한 모금씩 훔쳐 마셨다. 어쩌면 아줌마가 일부러 화장실에 가준 것인지도 몰랐다.

어느 날, 원 테이블 식당에서 식사를 하고 있는데 휴대전화가 요란하게 울렸다.

"너 어디야?"

엄마의 목소리는 짜증스러웠다.

"어, 저기……"

나는 대답을 할 수 없었다. 이상하고 불편한 기분이 들었다. 내가 너무 행복해서였다. 엄마가 없는 이곳에서 나는 너무 행복했고 충분했다.

"세영아, 뭐 해? 빨리 안 먹으면 후회할 텐데."

"우리가 기다려주는 사람들이 아니라는 건 알고 있지?"

희수와 아줌마가 깔깔거리며 웃는 소리가 휴대전화 속으로 빨려 들어 갔다. 나는 이러지도 저러지도 못한 채 얼굴이 붉게 타들어 갔다.

결국 엄마는 내가 희수네 집에서 매일같이 저녁을 먹는다는 것을 알게 되었다.

"왜 멀쩡한 집 놔두고 남의 집에서 밥을 얻어먹고 다녀? 우리 집엔 밥이 없어?"

엄마는 도저히 이해할 수 없다는 얼굴로 버럭 신경질을 냈다.

"그 집에서 우리를 뭐라고 생각하겠니?"

"엄마가 생각하는 것처럼 생각하지는 않아."

"도대체 언제부터 그러고 다닌 거야?"

"얼마 안 됐어."

이미 2년은 되었다고 말하려다가 그만두었다. 엄마가 충격을 받고 쓰러질지도 몰랐다.

며칠 뒤 엄마는 지금까지 내가 얻어먹은 밥값을 대신해서 아줌마에게 보낼 명품 향수를 사 가지고 왔다. 전문가의 솜씨가 닿은 포장 또한 고급스럽고 화려했다. 하지만 내가 2년 동안 아줌마의 음식을 적어도 600번은 얻어먹었다는 것을 알게 된다면, 자신이 한 일이 얼마나 가소롭고 하찮은지를 깨닫고 깜짝 놀랐을 것이다.

"어머나! 이런 선물을 주시다니! 정말 멋진 분이구나."

아줌마는 활짝 웃으며 선물을 풀어보았다.

하지만 나는 아줌마가 향수를 뿌리지 않을 거란 걸 이미 알고 있었다. 아줌마에게서는 언제나 고소한 냄새가 났다. 고소한 기름 냄새가 인공적인 향수 냄새와 섞인다면 역겨울 것이었다.

그날 저녁, 나는 아줌마가 싸 준 '오늘의 요리'를 들고 집으로 돌아왔다. 아줌마는 엄마를 위해 따로 요리를 하지는 않았다. '오늘의 요리'는 마약김밥과 골뱅이무침이었다.

회사로 복귀한 엄마는 그날 밤에도 퇴근이 늦었다. 나는 음악을 들으며 먼저 잠이 들었다.

아침에 일어나 보니 식탁 위에 올려둔 김밥과 골뱅이가 사라지고 없었다.

"엄마, 여기 있던 김밥 먹어봤어? 되게 맛있지?"

나는 신이 나서 물었다.

엄마는 아무 대답도 하지 않았다. 이상한 생각이 들어 둘러보니 음식물 쓰레기통에 김밥과 골뱅이가 쏟아져 있었다.

"엄마! 왜 버렸어? 아줌마가 엄마 생각해서 보내준 건데, 왜 버렸어?"

"상했으면 어쩌려고 그걸 먹니? 김밥이 얼마나 잘 상하는 줄 알아?"

엄마의 냉랭한 목소리에 나는 대답할 말을 잃었다. 단지 씩씩거리면서 엄마를 한참 동안 노려보았다. 엄마는 상관없다는 듯이 경제 신문만 뒤적였다.

아마도 그때부터였을 것이다. 나는 엄마에게 본격적으로 반항하기 시작했다. 엄마의 모든 것이 마음에 들지 않았다. 거만하고 차가운 말투. 쌀쌀한 눈빛. 언제나 이성적인, 지독하게 이성적인 생각들. 끊임없는 판단들. 다른 사람의 선의를 가볍게 넘겨버리는 오만함.

엄마의 무심함에도 화가 났다. 엄마는 한 번도 학교에 온 적이 없었다. 다른 엄마들처럼 급식을 나눠준 적도 없고, 노란색 깃발을 들고 교통 당번을 서준 날도 없었다. 내 성적표를 보면 한숨을 쉬었지만, 구체적으로 관여할 생각은 애초에 없었다.

내가 무슨 색깔, 어떤 스타일을 좋아하는지 알 턱이 없는 엄마는 매번 자신이 원하는 옷을 사 왔다. 친구들은 내가 고가의 브랜드 옷만 입는다고 부러워했지만, 나는 하나도 기쁘지 않았다. 내가 무슨 노래를 좋아하는지, 어떤 아이돌을 좋아하는지, 친구들과 무슨 얘기를 나누는지, 내가 매일 밤 침대에 누워 무슨 생각을 하는지, 엄마는 하나도 몰랐다.

그럴 거면 왜 나를 낳은 거지? 평생 회사에서 일만 하고 살 것이지, 결혼은 왜 한 거지? 엄마는 이기적이고 무책임했다.

나는 엄마가 지난주에 사 온 티셔츠 두 벌과 청바지 한 벌, 카디건 두 벌을 재활용 의류 수거함에 갖다 넣었다. 티셔츠 하나를 빼고는 모두 상표도 떼지 않은 새것이었다.

미안한 마음은 조금도 들지 않았다. 엄마도 아줌마가 싸 준 마약김밥과 골뱅이무침을 버렸으니까. 게다가 엄마는 돈이 아주 많은 사람이니까.

※

모든 장례 절차가 끝나고도 희수는 두 주가 넘도록 학교에 오지 않았다. 나는 매일 희수의 휴대전화로 전화를 걸었지만, 아무런 응답도 돌아오지 않았다.

방과 후엔 곧바로 희수네 집으로 달려갔다. 벨을 아무리 눌러도 대답이 없었다. 문에 귀를 바짝 대고 한참을 기다려보기도 했다. 어떤 인기척도 느껴지지 않았다. 아무도 살지 않는 오래된 폐가 같왔다.

희수는 어디로 증발해버린 것일까? 희수는 영영 사라져버릴 것인가? 나는 매일 눈물이 범벅이 된 얼굴로 집으로 돌아왔다.

그날도 학교가 파하자마자 어김없이 희수네 집으로 달려갔다.

"누구세요?"

낯선 목소리에 나는 화들짝 놀랐다. 벌써 새로운 사람이 이사를 온 것일까 봐 마음을 졸였다.

"저…… 희수 있어요?"

문이 덜컹 열렸다. 조금은 낯이 익은 얼굴이었다. 장례식장에서 만났던 희수 친할머니였다.

"희수 자는데……"

"들어가서 기다려도 돼요?"

할머니는 문을 조금 더 열고 길을 내어주었다.

열두 살 봄에서 열여섯 살 봄까지 거의 매일같이 드나들었던 희수네 집이 왜 그런지 낯설게 느껴졌다. 창가에서 나풀거리는 레이스 커튼도, 표면이 닳아서 군데군데 가죽이 일어난 갈색 3인용 소파도, 이제는 구식이 되어버린 텔레비전도, 지난달에 아줌마가 큰맘 먹고 새로 구입한 베이지색 바탕에 빨간색 원이 그려진 러그도 모두 그대로였다. 열린 창문으로는 여전히 바람이 솔솔 불어왔다. 공기 중에는 약간의 먼지가, 인간이 사는 곳이면 당연히 그렇다는 듯이 유유히 떠다녔다.

음악이 사라졌다. 우리가 집에 돌아올 때면 아줌마는 늘 라디오를 켜놓고 있었다. 그러다가 우리 대화에 디제이의 목소리가 방해가 된다 싶으면 가차 없이 라디오를 꺼버렸다. 디제이의 목소리도, 음악 소리도, 수다 떠는 소리도 들리지 않는 거실은 적막하기 그지없었다.

할머니는 주방에서 저녁을 짓고 계셨다. 된장찌개 끓는 냄새가 났다. 아줌마가 해주었던 음식과는 달랐지만, 갑자기 허기가 몰려왔다. 다시 또 이곳에서 음식이 만들어지고, 또 허기를 느낀다는 사실에 마음이 울컥했다.

안방 문이 열려 있었다. 나는 살금살금 걸어서 안방으로 들어갔다. 예상대로 희수는 아줌마와 아저씨의 침대에서 잠을 자고 있었다. 마법에 걸려 100년 동안 잠을 자야만 하는 소녀처럼 희수는 맥없이 잠에 빠져 있었다. 얼굴은 푸석푸석했고, 눈가에는 지독한 눈병에 걸린 것처럼 눈곱이 잔뜩 붙어 있었다. 희수의 숨소리가 가냘프게 들려왔다. 한참 동안 나는 희수를 가만히 응시했다.

"희수야."

나직이 희수를 불러보았다. 깨어나고 싶지 않은지, 희수는 미동도 하지 않았다.

"희수야."

희수를 살짝 흔들어보았다.

"으으응."

희수가 아주 작은 목소리로 반응했다.

"희수야, 아직도 졸린 거야?"

희수가 몸을 뒤척이며 고개를 끄덕였다.

"희수야, 우리 밥 먹자."

희수가 눈을 감은 채 고개를 저었다.

"희수야, 그만 자. 나 배고파."

나는 희수를 좀더 세게 흔들어 깨웠다.

희수가 기운이 하나도 없는 얼굴로 게슴츠레 눈을 떴다.

"희수야, 이제 그만 자고 좀 앉아봐. 나 배고프다니깐."

희수가 최면에 걸린 사람처럼 간신히 몸을 일으켰다. 아주 느린 동작이었다. 희수가 침대 헤드에 등을 기대어 앉을 때까지 가만히 기다렸다. 희수가 두 눈을 끔벅거렸다. 나는 희수를 부둥켜안았다. 희수야, 고마워. 깨어나줘서 고마워. 나무 막대기처럼 뻣뻣하게 굳은 희수를 안은 채 나는 혼자 되뇌었다.

"할머니, 세영이 밥 좀 줘."

희수의 말을 듣고 돌아보니, 문지방에 할머니가 서 있었다. 아들과 며느리를 한순간에 잃은 할머니의 모습이 그제야 눈에 들어왔다. 머리카락은 회백색으로 완전히 변해버렸고, 얼굴은 오랜 가뭄에 시달려 쩍쩍 갈라진 토양처럼 메말라 보였다.

나는 이 집 안을 누르고 있는 슬픔의 무게에 눌려 숨이 막힐 것만 같았다. 희수도 할머니도 모두 유령처럼 느껴졌다. 두려움이 몰려왔다. 벌떡 일어나서 당장이라도 뛰쳐나가고 싶었다. 이들로부터 멀리 도망치고 싶었다. 그때 아줌마의 목소리가 들렸다.

'세영아, 우리 희수 옆에 있어줘.'

국화밭으로 걸어가던 아줌마가 다시 나에게 부탁하고 있었다.

나는 마음을 다잡았다. 희수를 부축해서 일으켰다.

희수는 말 잘 듣는 아이처럼 내 손을 잡고 걸어 나와 식탁 앞에 앉았다. 할머니가 밥상을 차렸다. 아줌마가 해주던 원 테이블 식당만의 특별한 요리는 아니었다. 된장찌개와 콩나물무침, 멸치볶음, 김, 달걀말이와 김치가 놓였다. 음식마다 간이 달랐다. 된장찌개는 짜고 콩나물무침은 싱거웠다. 달걀말이도 짰다. 할머니는 요리하는 법을 잊어버린 것 같았다.

"희수야, 어서 먹어."

나는 희수의 숟가락에 밥을 뜨고 콩나물을 얹어주었다.

정말 어린애가 되어버린 것처럼 희수는 입을 벌리고 묵묵히 받아먹었다.

"희수야, 삼켜."

계속 씹기만 하는 희수에게 물을 건네며 말했다.

이번엔 밥에 된장찌개를 적셔서 입에 넣어주었다. 오물오물 씹다가 갑자기 꿀꺽 삼키더니 희수가 물었다.

"세영아, 나 살 수 있어?"

희수의 동공이 텅 비어 보였다.

나는 대답 대신 희수를 꼭 끌어안아주었다. 눈물이 펑펑 쏟아졌다.

희수는 울지 않았다.
희수가 종이 인형처럼 느껴졌다.

우리만의 레시피

🎋

"참기름 몇 방울이라고?"

"몇 방울이긴. 참기름 한 큰술이라고 적어."

희수가 메추리 알을 반으로 쪼개며 핀잔을 줬다.

별것도 아닌 것 가지고 잘난 척하기는. 나는 희수 몰래 눈을 흘겼다.

희수는 다양한 색깔과 모양의 식기들이 진열되어 있는 수납장에서 짙은 청색에 하얀색 빗살 무늬가 그려진 타원형 접시를 꺼냈다. 접시에 둥글게 만 소면과 춘장 대신 두반장과 고춧가루로 만든 붉은 자장을 담고, 그 위에 메추리 알과 채 썬 오이를 올렸다. 허브 잎으로 장식을 하고 파슬리 가루를 조금 흩날려주는 것도 잊지 않았다.

"이제 다 된 거야?"

"응. 어때, 그럴듯하지?"

희수가 의기양양한 얼굴로 물었다.

나는 고개를 끄덕이며 폴라로이드 카메라를 집어 들었다. 사진을 찍고, 인화된 사진을 레시피를 적어놓은 종이에 붙였다. 우리의 스물여덟번째 레시피가 완성되는 순간이었다.

"할머니, 빨리 오세요!"

희수가 소리쳤다.

할머니가 마지못해 끌려오는 사람처럼 느리게 걸어왔다. 우리는 원 테이블에 앉아 식사를 시작했다. 젓가락을 들고 조심스럽게 한입, 입에 물었다. 음…… 아쉽게도 실패였다. 무언가가 빠진 듯한, 심심하고 어설픈 맛이었다. 오늘도 스물여덟번째 레시피는 완성되지 못했다. 벌써 3주째 실패의 연속이었다.

할머니는 무표정한 얼굴로 우물우물 씹고 있었다. 우리가 만든 음식을 드실 때면 할머니는 늘 그런 표정을 지었다. 할머니는 듣지도 보지도 못한, 이런 국적 불명의 음식을 결코 원하지 않았다. 하지만 희수를 실망시킬 수는 없었다.

희수는 이해할 수 없다는 표정으로 한 번, 또 한 번 계속해서 맛을 보았다. 나도 의아하긴 마찬가지였다. 희수는 왜 아줌마의 그 좋은 재능을 물려받지 못했을까.

"그래도 사진은 정말 예쁘게 나왔다."

나는 실없이 웃으며 말했다.

"그걸 말이라고 하니?"

희수가 눈을 흘겼다.

나는 또 바보처럼 웃으며 희수 어깨 너머에 있는 냉장고로 시선을 돌렸다. 냉장고에 붙어 있는 아줌마 사진이 나를 향해 활짝 웃고 있었다. 그래서 오늘도 희수의 짜증을 견딜 수 있었다. 희수는 젓가락을 내려놓았지만, 나는 좀더 먹었다. 엄마를 잃은 건 내가 아니라 희수니까, 그 정도의 노력은 감수해야 했다.

"다음 주에 다시 해보자."

희수가 이맛살을 찌푸리며 말했다.

두 주 후면 시험 기간이니까 당분간 쉬자고 말하고 싶었지만, 차마 말을 꺼내지 못했다. 냉장고에 붙어 있는 아줌마가 여전히 활짝 웃고 있었다. 저렇게 좋은 엄마를 잃은 것은 내가 아니라 희수니까.

❀

잔혹했던 열여섯 살의 봄을 어떻게 지날 수 있었는지 모르겠다. 희수는 그해 내내 회복되지 못했다. 여름에도 가을에도 겨울이 와도 희수는 늘 꿈속을 헤매는 사람처럼 몽롱해 보였다. 실제로 희수는 대부분의 시간을 잠만 잤다.

학교가 파하면 언제나 희수를 집으로 데려다주었다. 희수는 곧바로 아줌마의 침대로 파고들어가 잠들어버렸다. 나는 희수가 무슨 꿈을 꾸는지 궁금했다. 악몽은 아닐 것 같았다. 매일 악몽을 꾼

다면 저렇게 기를 쓰고 침대로 파고들지는 않을 테니까. 하지만 행복하고 따뜻한 꿈을 꾸는 사람의 표정도 아니었다.

중위권이었던 희수의 성적은 바닥으로 떨어졌다. 희수를 나무라는 사람은 아무도 없었다. 열여섯에 부모님을 모두 잃어버렸다는 것은 자신이 속한 행성을 잃어버린 것이었다. 희수는 우주를 떠돌아다니는 미아였다.

순식간에 백발 노파로 변해버린 희수의 할머니가 희수와 함께 살게 되었다. 할머니가 문을 열어주면 나는 인사만 하고 묵묵히 돌아 나왔다. 할머니도 무표정한 얼굴로 고개만 끄덕일 뿐 아무 말도 없었다. 집으로 돌아가는 길은 늘 발걸음이 무거웠다.

나의 적막한 오후가 다시 시작되었다. 나는 텔레비전을 보며 얼굴도 모르는 도우미 아줌마가 차려놓고 간 저녁을 먹었다. 외롭다는 생각이 들 때면 텔레비전의 볼륨을 세 단계 더 높였다.

엄마와 나는 계속해서 사이가 좋지 않았다. 엄마는 여전히 바빴고, 나는 더 이상 엄마를 기다리지 않았다. 이따금 같이 밥을 먹을 때도 나는 휴대전화로 게임만 했다. 엄마가 묻는 말에는 단답형으로 대답했다. 부연 설명이 필요한 대답에는 잘 모르겠다는 듯 고개를 갸우뚱하면 그만이었다. 엄마는 못마땅한 표정으로 혀를 찼지만, 무슨 상관이람, 내 알 바 아니었다.

도우미 아줌마가 만들어놓고 간 음식을 먹으면서도 나는 키가 쑥쑥 자랐다. 겨울이 되자, 무려 7센티미터나 더 자라 있었다. 장신인 부모의 유전자 때문이었다. 가슴도 봉긋이 솟아올랐다. 거울을 보면 낯선 사람이 서 있었다. 안타깝게도 그 사람에게는 고양이처럼 가늘고 긴 엄마의 눈과 아빠의 매부리코가 붙어 있었다. 거울을 볼 때마다 생각했다. 어른이 되면 바로 성형을 해버려야지.

희수는 조금도 크지 않았다. 단 1센티미터도 자라지 않은 것 같았다. 나란히 걸어가는 희수와 나를 같은 나이로 볼 사람은 아무도 없었다. 잠은 희수의 에너지를 빼앗아가는 게 분명했다. 잠을 잘수록 희수의 눈은 점점 더 졸린 사람처럼 초점을 잃어갔고, 희수의 몸은 더 가벼워졌다. 희수에게서는 어떤 의욕도 찾아볼 수 없었다.

문득 두려운 생각이 들었다. 이대로 가다간 희수의 몸도 머리도 텅 비어버릴 것만 같았다. 물방울처럼 가벼워진 희수가 공기 중에서 톡 터져버릴 것만 같았다.

희수를 살려야 했다. 블랙홀 같은 잠이 희수를 삼켜버리기 전에 희수를 깨워야 했다. 하지만 어떻게?

'세영아, 우리 희수 옆에 있어줘.'

냉장고에 붙은 아줌마 사진은 늘 내게 약속을 상기시켰다.

나는 매일 아침 희수의 손을 잡고 학교에 갔고, 점심시간이면 희수와 단둘이 급식을 먹었고, 방과 후엔 다시 희수의 손을 잡고 집까지 데려다주었다. 아니, 희수가 매번 도망치듯 숨어버리는 동굴에 도달할 때까지 희수의 손을 놓지 않았다.

희수 이외의 다른 친구는 사귀지 않았다. 희수가 원치 않는 동아리 활동도 하지 않았다. 희수처럼 중학교 졸업 여행도 가지 않았다. 하지만 희수는 좀처럼 나아지지 않았다.

그날, 나는 평소와 달리 집으로 바로 돌아가지 않았다. 무언가가 내 발목을 붙잡았다. 나는 냉장고에 붙어 있는 아줌마 사진 앞에 오랫동안 서 있었다. 희수는 잠들었고, 할머니는 쪼그리고 앉아 습관처럼 마룻바닥을 걸레로 닦고 있었다.

'아줌마, 제가 뭘 더 할 수 있을까요?'

나는 무거운 마음으로 물었다.

아줌마는 활짝 웃기만 할 뿐 아무 대답도 하지 않았다. 국화밭으로 걸어갔던 아줌마는 다시는 내 앞에 나타나지 않았다.

나는 깊은 한숨을 몰아쉬었다. 희수가 자고 있는 안방을 한 번 더 둘러보았다. 할머니에게 목례를 하고 조용히 문을 열고 걸어 나왔다.

집으로 돌아가는 길에 아줌마가 만들어준 음식을 먹으며 수다를 떨었던 기억이 떠올랐다. 아줌마가 만든 당근 케이크가 먹고 싶었다. 아줌마가 구워준 핏물이 살짝 배어 나오는 스테이크도 먹고 싶었다. 우리 엄마가 쓰레기통에 버렸던 마약김밥과 골뱅이무침도 먹고 싶었다. 아줌마가 처음으로 만들어준 떡볶이도 먹고 싶었다. 그 매콤한 냄새가 바람을 타고 흘러가 희수의 코에 닿는다면, 엉겅

끈처럼 희수의 몸을 얽어맨 깊은 잠도 맥을 못 추고 달아나버릴 것이다.

그러나, 이제는 불가능한 일이었다. 아줌마도 아줌마의 마법도 사라진 지 오래였다. 아무것도 할 수 없다는 무력감이 몰려왔다. 온몸의 힘이 다 빠져나가버렸다. 나는 터벅터벅 걸었다. 겨울바람이 유독 차갑게 느껴졌다.

박제된 동물처럼 희수가 한곳에 멈춰 선 순간에도 시간은 계속해서 흐른다는 게 이상했다. 세상에서 희수를 뺀 모두가 바쁜 것처럼 느껴졌다.

나는 희수만 뒤에 남겨놓을 수 없었다. 희수와 보조를 맞추려고 기를 썼지만, 사실은 그렇지 않았다. 내 키는 계속 자라고 있었고, 내 성적은 그다지 떨어지지 않았다. 그 사실 때문에 나는 희수에게도 아줌마에게도 미안했다.

어느새 집 앞에 도착했다. 비밀번호를 누르고 문을 열었다. 현관을 지나 거실로 들어가는데, 섬광처럼 어떤 생각이 나를 사로잡았다.

레시피!

아줌마의 레시피를 떠올려서 우리가 만들어보는 거야. 희수와 내가 아줌마의 요리를 만드는 거야.

현관에 나뒹굴고 있는 운동화에 허둥지둥 두 발을 밀어 넣고 다시 뛰쳐나왔다. 희수네 집을 향해 뛰기 시작했다. 차가운 바람이 몰아쳐서 얼굴이 터져버릴 것만 같았다. 군데군데 얼어버린 길이 미끄러워 몇 번이고 넘어질 뻔했지만 나는 한 번도 멈추지 않았다.

딩동딩동딩동딩동.

나는 계속해서 벨을 눌렀다.

"누구세요?"

"할머니, 저예요! 세영이요."

깜짝 놀란 표정으로 할머니가 문을 열었다. 휘둥그레진 두 눈을 보며 지금까지 잠에서 깨어나지 못한 사람은 희수뿐만이 아니라는 것을 깨달았다. 할머니의 시간도 잔인했던 그 봄에 멈춰버렸던 것이다.

"무슨 일이니?"

할머니가 당황한 목소리로 물었다.

"할머니, 됐어요, 이제 됐어요!"

"뭐가 됐다는 거니?"

"희수를 깨울 방법이 생각났어요."

나는 할머니를 밀치고 안으로 들어갔다. 희수는 여전히 잠들어 있었다.

"희수야, 희수야. 일어나봐. 할 말이 있어."

나는 희수를 세차게 흔들었다. 희수는 여전히 종이 인형처럼 가벼웠다.

"희수야, 원 테이블 식당을 다시 열어야 해."

원 테이블 식당이라는 말에 감겨 있는 희수의 눈꺼풀 아래에서 동공이 움직였다. 희수는 아무 말도 하지 않았지만, 나는 그 말을 들을 수 있었다.

"맞아, 아줌마는 없어. 이젠 우리가 해야 해. 아줌마의 레시피로 우리가 만들 거야."

희수의 몸이 점점 단단해졌다. 희수가 깨어나고 있었다. 우주를 떠돌던 희수가 멀리멀리 날아서 내 앞에 당도했다. 마침내 희수가 눈을 떴다.

"할 거지? 같이해볼 거지?"

나는 눈을 부릅뜨고 희수의 시선을 붙잡았다.

희수가 고개를 끄덕였다.

"엄마가 만든 해물 파스타가 먹고 싶어."

희수가 속삭이듯 작은 목소리로 말했다.

사건이 일어난 후 처음으로 희수의 눈동자에 초점이 잡혔다.

곧 새해였다. 일곱 달 동안 멈춰 있었던 희수의 시계가 다시 움직이기 시작했다. 새해가 되면 우리는 열일곱 살이 되고, 고등학생이 될 예정이었다.

가슴이 세차게 뛰었다. 나를 짓누르고 있던 무언가가 뽑혀 나가는 것만 같았다.

우리의 첫 요리는 파스타가 아니라 떡국이었다. 희수의 마음이 변한 것이다.

"새해잖아."

희수가 당연하다는 표정으로 말했다.

"할머니, 국 끓일 때 쓰는 고기가 뭐지?"

"양지머리 말이니?"

"맞아, 양지머리랑 양파랑 다시마를 덩어리째 넣고 아주아주 오랫동안 끓였어, 엄마는."

"떡국은 사골국에 끓여야 맛있다."

할머니가 말했다.

"아냐, 엄마는 사골국에 끓이지 않았어."

희수가 고개를 세차게 흔들었다.

"인터넷에 검색해볼까?"

중간에 서 있던 내가 물었다.

"절대로, 절대로 그런 짓은 하지 마. 그건 우리 엄마의 요리가 아니잖아."

희수가 한 음절 한 음절에 힘을 주어가며 말했다.

"그럼, 어떻게 하려고?"

"생각해낼 거야. 엄마가 했던 방식을 생각해서 그대로 할 거야."

"하지만 아줌마가 요리를 할 때마다 네가 보고 있었던 것도 아니……."

나는 말을 멈췄다.

희수의 표정이 변하고 있었다. 간신히 돌아온 희수를 다시 우주로 돌려보낼 수는 없었다.

"기억해낼 수 있어. 기억해낼 수 있다고!"

희수가 소리를 빽 질렀다. 어디서 그런 힘이 났을까? 희수의 종잇장 같은 몸이 바르르 떨렸다.

"알았다, 알았어. 희수 네가 하고 싶은 대로 해."

할머니가 손사래를 치며 말했다.

장을 보기 위해 희수와 나는 외투를 입고 밖으로 나왔다. 눈발이 흩날렸다. 나는 희수에게 외투에 달린 모자를 씌워주었다.

"세영아, 나 이제 괜찮아."

희수가 말했다. 희수의 얼굴은 여전히 창백했다.

"그래."

나는 미소를 지으며 고개를 끄덕였다. 정말 괜찮기를 바라면서.

나는 일부러 장바구니를 높이 흔들며 걸었다. 아줌마가 들고 다니던 장바구니였다. 캔버스 가방에 체리가 수놓여 있었다. 아줌마는 매일 장을 보았기 때문에 절대로 많이 사는 일이 없었다. 장바구니 한쪽 모서리에는 선홍빛 딸기 물이 들어 있었다.

마트까지는 제법 걸어야 했다. 눈송이들은 바닥에 닿자마자 녹기 시작했다. 길은 미끄럽고 질척거렸다. 나는 희수의 팔을 꼭 붙들었다. 희수는 두 발에 힘을 주어가며 걸었다. 뚜벅뚜벅 마트까지 쉬지 않고 걸어갔다.

도로에 차들이 정체되어 있었다. 정체된 차들이 경적을 울려댔다. 화가 난 배우들이 불협화음으로 불러대는 오페라 같았다. 어둠이 막 내리기 시작한 거리는 기이한 분위기를 자아냈다. 푸른빛과 회색빛이 섞인 대기 속에서 눈발이 꽃잎처럼 사방으로 흩어졌다.

문득 궁금했다. 아줌마가 지금 우리 모습을 보고 있다면 뭐라고 할까?

"엄마는 가늘게 썬 노란색과 하얀색의 달걀지단을 떡국 위에 얹었어. 그 옆에 잘게 찢어 참기름과 깨소금으로 양념을 한 고기 고명도 얹었지. 마지막으로 참기름을 한 방울 톡 떨어뜨리는 거야. 그러고는 마법을 걸었어."

침묵을 깨고 희수가 불쑥 말을 꺼냈다.

"마법?"

"이전 것은 지나가고 새것이 되어라, 얍!"

"새해가 되면 엄마가 늘 외우는 주문이었어. 나는 아주 어려서부터 그 주문을 듣고 자랐어. 나는 떡이 말랑말랑해질 때까지 푹 익힌 떡국을 좋아했는데, 꼭 비밀 수프 같은 느낌이 들었기 때문이야. 비밀 수프를 먹고 나면 나는 정말 마법에 걸려서 새로운 아이가 된 것만 같은 기분이 들었어. 오늘 우리는 떡국이 아니라 비밀 수프를 끓일 거야."

희수는 무언가에 사로잡혀 있는 아이처럼 골똘히 생각에 잠겨 있었다. 어쩌면 지금 막 떠오른 추억의 실타래를 풀기 위해 실마리를 꼭 붙잡고 따라가고 있는지도 몰랐다.

추위 때문인지, 아니면 비밀 수프에 대한 기대 때문인지 희수의 볼이 발그레했다. 희수가 열일곱 살이 아닌, 우리가 처음 만났던 열두 살처럼 보였다. 아마도 희수는 열두 살부터 차곡차곡 다시 자라날 모양이었다.

희수 말이 맞았다. 희수는 기억해낼 것이다.

때론 부드럽게 때론 짜릿하게 혀를 둘러싸던 매혹적인 느낌을, 콧속 깊이 파고들어 세포 하나하나 속으로 스며들던 특별한 냄새를, 매번 우리의 눈을 마법에 걸리게 했던 황홀한 아름다움을, 어떻게 잊을 수 있을까?

우리는 반드시 기억해낼 것이다. 아줌마의 음식을 먹고 희수는 조금씩 조금씩 다시 자랄 것이다.

나는 희수의 손을 꼭 잡았다. 나보다 10센티미터쯤 작고, 10킬로그램쯤 가벼울 것 같은 희수의 손이 내 손아귀 속으로 쏙 들어왔다.

나는 희수가 열세 살이 되고 열네 살이 되고 열다섯 살이 되고 열여섯 살이 되고 열일곱 살이 되고, 계속 자라나서 마침내 어른이 될 때까지 언제나 옆에 있을 생각이었다.

아줌마가 나에게 부탁했던 것처럼.

"여기 있다! 아줌마, 이거 바질 맞지요?"

희수가 흥분한 목소리로 물었다.

"학생이 바질을 다 아네. 왜, 사게?"

"네, 이만큼만 주세요."

희수가 두 손 가득 바질을 집어 들었다.

"설마 바질 페스토까지 직접 만들려는 건 아니지? 저기 저쪽에 바질 페스토 완제품으로 팔던데……"

나는 희수의 팔을 잡아끌었다.

"무슨 소리야? 우리 엄마가 그런 거 사는 거 봤어?"

희수가 눈을 흘겼다.

휴대전화로 시간을 확인했다. 월요일부터 시험인데…… 오늘 밤과 내일 하루 동안 외워야 할 노트와 풀어야 할 문제집을 가늠해 보았다. 눈앞이 캄캄했다. 밤을 새워야 할지도 몰랐다.

희수는 시험으로부터 언제나 자유로웠다. 대학에 갈 생각도 없는 것 같았다. 하지만 나는 희수처럼 모든 의무를 면제받은 아이가 아니었다. 공부도 해야 했고, 대학도 가야 했고, 또 바질 페스토 파스타도 만들어야 했다. 나도 모르게 한숨이 흘러나왔다.

내 성적은 간당간당했다. 중위권보다는 조금 나은 정도. 내 학업도 간당간당했다. 공부를 하는 것도 아니고, 안 하는 것도 아니었다.

"서울에 있는 대학에 갈 수 있을 거 같긴 하다. 레벨은 많이 낮겠지만. 너희 부모님이 그래도 괜찮다고 하시니?"

1학기 중간고사 결과를 놓고 면담을 하면서 담임이 말했다. 목소리도 표정도 비꼬는 것 같았다. 나는 특별히 대답할 말이 없어서 입술만 깨물었다.

엄마는 내 성적을 몰랐다. 고등학교에 입학하면서 고3이 될 때까지는 성적표를 보지 않기로 약속했다. 대신 대학 이름을 다섯 개 불러주며, 그 외 대학에 들어갈 생각은 하지도 말라고 했다. 엄마와 아빠는 그 다섯 개 중에서도 가장 좋은 대학의 동문이었다. 그러니 나에게 한참 양보한 셈이었다.

다른 모녀들은 어떤지 모르지만, 나는 엄마 앞에서 자존심을 세웠다. 보란 듯이 리스트 안의 대학에 합격하고 싶었다. 하지만 현실은 아득하기만 했다.

"잣을 넣을까, 아몬드를 넣을까?"

희수가 물었다.

"뭐 아무거나."

내가 말했다.

희수가 또 눈을 흘겼다.

"둘 중 뭐를 넣어도 맛있을 거라고."

나는 능글맞게 웃으며 얼버무렸다.

"너 요즘 이상해. 예전 같지 않아. 설마 벌써 싫증 난 건 아니지?"

"무슨 그런 말도 안 되는 소릴…… 자, 이제 파스타 고르러 가자."

나는 뒤에서 희수의 등을 밀며 파스타가 진열된 곳으로 발걸음을 옮겼다. 그러면서 생각했다, '벌써'라니…… 1년하고도 반년이 다 되어가는걸.

우리는 매주 토요일에 요리를 만들었다. 토요일에 만들 요리를 위해 1주일 내내 고민하고 상의했다. 처음에는 너무 재미있었다. 용돈을 털어 재료를 구해 오는 노력도 마다하지 않았다.

하지만 아줌마의 요리를 재현해내기란 쉽지 않았다. 우리가 만든 음식은 대부분 맛이 없거나, 이상하거나, 운이 좋아서 맛있게 되었다고 해도 아줌마가 한 맛과는 달랐다. 어설픈 결과물을 놓고 우리는 깔깔거리며 웃었다. 억지로 몇 번 먹다가 결국 음식물 쓰레기통에 버리기 일쑤였다. 할머니는 아까운 음식을 가지고 장난을 친다며 구시렁거렸다. 그렇다고 진짜로 말리지는 않았다. 어쨌든 희수가 다시 웃게 되었으니까.

아주 간혹 성공을 하면, 우리는 환호성을 지르며 난리를 쳤다. 그리고 폴라로이드 카메라로 사진을 찍어 레시피를 적은 종이에 붙였다. 1년 반 동안 간신히 스물여덟 개의 레시피가 희수에게 선택받아 살아남을 수 있었다.

그사이 우리는 같은 고등학교에 입학했고, 1학년을 마쳤고, 2학년의 봄이 지나 다시 여름이 왔다. 할머니가 학교에 찾아가 사정을 해서 희수와 나는 1학년 때는 같은 반이 될 수 있었다. 2학년이 되면서 희수는 문과로, 나는 이과로 나뉘었다. 하지만 나는 여전히 희수와 함께 등교하고 단둘이 급식을 먹고 방과 후에도 같이 집으로 갔다. 그건 우리에겐 당연한 일처럼 여겨졌다.

요즘 들어 희수는 점점 더 까다로워졌다. 많은 시간과 노력을 들였건만 레시피들은 점점 더 선택받기가 어려워졌다. 그럴 때면 희수는 예민하고 날카로워졌다.

나는 점점 더 흥미를 잃어갔다. 오래전부터 이 일이 좀 지겨워졌다. 희수의 톡톡 쏘는 소리를 듣는 것도, 희수가 눈을 흘기면 속없이 웃어주는 것에도 염증이 나려 했다. 하지만 냉장고에는 아직도 아줌마 사진이 붙어 있었다. 아줌마는 늘 여전한 미소로 나를 바라보았다. 나는 너를 믿어,라고 말하는 것 같았다.

그럴 때면 나는 내 마음을 들킬까 봐 마음이 불편해졌다. 자책 같은 것도 몰려왔다. 요리를 할 때마다 나는 냉장고 문을 열어야 했다. 아줌마의 시선을 피할 수 있는 방법은 없었다.

"바질하고 잣하고 올리브 오일하고…… 음, 소금도 약간 넣고…… 파마산 치즈 가루도 넣고……"

희수는 눈동자를 굴려가며 믹서에 재료를 하나씩 넣었다. 요란한 소리를 내면서 믹서가 돌아가고 초록색 바질 페스토가 만들어졌다. 희수는 티스푼으로 반 스푼을 떠서 맛을 보더니 미간을 찌푸렸다.

"뭔가 빠졌는데…… 그게 뭘까?"

희수는 다시 반 스푼을 떠먹었다.

"분명히 뭔가 빠졌어."

희수가 말했다.

사실 나는 정답을 알고 있었다. 이럴 경우에 대비해서 어제 인터넷으로 미리 검색을 해보았다. 이 사실을 알게 된다면 희수는 노발대발할 테니, 정답을 노출시키는 데는 요령이 필요했다.

"그래? 냉장고 안을 들여다보는 게 어때? 그러다 보면 생각이 날 수도 있잖아."

나는 냉장고 문을 열면서 천연덕스럽게 말했다.

냉장고 맨 위 칸에서부터 훑어 내려오던 희수의 눈이 세번째 칸에서 멈췄다.

"아, 마늘!"

"마늘? 바질 페스토에 마늘이 들어가?"

나는 눈을 동그랗게 뜨고 전혀 몰랐다는 듯이 시치미를 뗐다.

희수가 고개를 끄덕였다. 다행히 내가 마늘을 가장 눈에 잘 띄는 곳에 두었다는 사실은 눈치채지 못한 듯했다. 희수가 마늘을 한 티스푼 넣고 다시 믹서를 돌렸다. 맛을 본 희수는 만족스러운 미소를 지었다. 휴…… 나도 모르게 한숨이 나왔다. 안도의 한숨이었다.

이제 희수는 파스타 면을 삶았다. 8분에 맞춰 타이머를 작동시키는 일은 내 몫이었다. 면이 다 익자 프라이팬에 올리브 오일을 두르고 얇게 편 마늘을 넣고 볶다가 새우를 넣고 같이 볶았다. 거기에 살짝 덜 익은 파스타 면을 넣고 또 볶았다. 희수는 바질 페스토를 듬뿍 부은 후, 면수를 국자로 떠 넣어가며 농도를 맞췄다. 나는 이 모든 과정을 사진으로 찍고 기록으로 남겼다. 제발 이번에는 성공하길 바라면서.

희수는 식기장에서 하얀색과 노란색과 초록색 접시를 각각 하나씩 꺼냈다. 접시 위에 바질 페스토 파스타를 둥글게 말아 담았다. 한 걸음 떨어져서 진지한 표정으로 감상을 하더니, 마지막으로 그린 올리브를 반으로 썰어 군데군데 뿌리고 빨갛게 잘 익은 방울토마토도 반으로 잘라 장식했다.

"다 된 거야?"

가슴을 졸이며 내가 물었다.

희수가 비장한 표정으로 고개를 끄덕였다.

"할머니, 다 됐어요. 빨리 오세요!"

나는 할머니 방을 향해 소리쳤다.

할머니는 결코 빨리 오는 법이 없었다. 느릿느릿 게으른 소처럼 걸어와 마지못해 식탁 앞에 앉았다.

"아이고, 이건 또 뭐니? 무슨 국수가 초록색이냐?"

할머니가 인상을 잔뜩 찌푸렸다.

"에이, 그러지 말고 한번 드셔보세요."

나는 얼른 포크를 할머니 손에 쥐여줬다.

희수와 나도 식사를 시작했다. 음…… 맛있다. 아줌마가 만들어준 것과 맛이 비슷하다. 희수도 그렇게 생각할까?

희수는 진지한 표정으로 묵묵히 파스타를 먹었다. 한 번, 두 번, 세 번. 오물오물 파스타를 씹어 삼키더니, 미소를 지으며 엄지와 검지를 말아 오케이 사인을 했다.

"좋았어, 스물아홉번째 레시피 완성!"

우리는 신이 나서 파스타를 정신없이 퍼먹었다.

"도대체 이걸 무슨 맛으로 먹는 건지……"

옆에서 할머니가 구시렁거렸다.

나는 요란하게 쩝쩝 소리를 내가며 먹었다. 희수가 흐뭇한 얼굴로 나를 보고 있었다.

희수와 함께 설거지까지 마치고 희수네 집을 나왔다. 휴, 또다시 한숨이 나왔다. 걸음을 재촉했다. 빨리 집으로 가서 쉬고 싶었다.

언제부터인가 나는 집에 혼자 있는 시간이 싫지 않았다. 소파에 누워 편의점에서 파는 감자칩을 먹으며 텔레비전을 보거나 휴대전화로 게임을 하는 시간이 편안하게 느껴졌다. 이따금 웹툰이나 소설책을 읽기도 했다. 학원에 다니지 않는 대신 인터넷 강의를 듣는 일도 내 일과였다. 게다가 시험 기간이 이제 1주일도 남지 않았다. 나는 마음이 급했다.

문 앞에 전단지가 붙어 있었다. 새로 오픈한 피자 가게 광고였다. 갑자기 허기가 몰려왔다. 방금 전에 먹은 파스타가 벌써 소화됐을 리는 없는데, 이상했다.

잠시 망설이다 나는 휴대전화를 꺼내 전단지에 적힌 번호를 눌렀다.

다른 방향을 향한 창

❧

"피자 배달 왔습니다."

문밖에서 우렁찬 목소리가 들려왔다.

"얼마예요?"

후다닥 지갑을 들고 달려 나갔다.

"어? 네가 시켰어?"

갑자기 반말이 돌아왔다.

멀대같이 키가 크고 삐쩍 마른, 얼굴은 여드름투성이인 남자애가 허연 이를 드러내고 바보처럼 웃고 있었다. 누구더라? 우리 반인 것 같은데 이름까지는 생각이 안 났다.

"여기 너희 집이야?"

남자애가 문틈으로 집 안을 기웃거렸다.

나는 굳은 얼굴로 고개만 끄덕였다.

"여긴 우리 피자 가게. 지난주에 오픈했어. 종종 이용해라. 내가 토핑 꽉꽉 넣어달라고 부탁할 테니깐."

"얼마라고 했지?"

"2만 5,000원."

돈을 지불하고 문을 닫으려는데 남자애가 반쯤 닫힌 문을 붙들었다.

"근데 네 이름이 뭐였지?"

"홍세영."

"아……."

남자애가 느리게 고개를 끄덕였다.

"홍세영, 나 그 콜라 한 잔만 얻어먹자."

"뭐라고?"

"세 군데나 배달했더니 목이 말라서 그래. 아파트 단지 안 배달은 내 담당이거든. 우리 형은 오토바이 타고 배달하는데, 나는 뚜벅이란 말이야. 아, 날씨는 또 왜 이렇게 더운지……."

남자애의 이마에 땀이 흥건했다. 그렇다고 배달원이 뚜껑도 열지 않은 콜라를 먼저 달라고 하다니, 기가 막혔다. 게다가 오늘 처음 내 이름을 알게 된 아이가 내놓기엔 뻔뻔스러운 부탁이었다.

"그렇게 서 있지만 말고 빨리 좀 따라봐."

이상한 아이라고 생각하면서도 나는 유리잔 가득 콜라를 따라 주었다.

"아우, 시원해."

남자애는 콜라를 벌컥벌컥 마시더니 끄윽, 트림까지 했다. 그러고는 다시 허연 이를 드러내고 바보처럼 웃었다.

"다음 주에 개점 사은품 들어오면 내가 꼭 챙겨줄게."

그럴 필요 없다고 말할 틈도 없이 남자애가 승강기 안으로 사라졌다.

피자 반판을 다 먹을 때까지 남자애의 이름은 생각나지 않았다. 뭐, 상관없지만.

🏃

종이 울렸다.

"자, 이제 그만 걷어 와."

시험 감독 선생님의 말이 떨어지자, 맨 뒤에 앉은 애들이 일제히 일어서서 시험지를 걷었다.

나는 오늘도 시험을 망쳤다. 빈 책상에 팔을 베고 엎드렸다. 유리창으로 뜨거운 햇살이 쏟아졌다. 정수리에서부터 등을 타고 열기가 느껴졌다. 잠이 왔다. 온몸의 기운이 다 빠져나간 것같이 무기력했다. 아무 생각도 하지 않고 이대로 잠들 수 있다면 얼마나 좋을까.

뒷자리에 앉은 지민이가 톡톡 내 등을 두드렸다.

"내일 시험 끝나고 뭐 할 거야?"

지민이는 두 주 전에 우리 반으로 전학 온 애였다. 두 주면 우리 반에서 나와 어울리는 친구가 없다는 것을 파악하기에 충분한 기간이었다. 하지만 그 이유가 회수라는 막강한 단짝이 있기 때문이라는 것을 파악하기에는 턱없이 부족한 기간이기도 했다.

"특별한 계획 없으면 나랑 영화 볼래? 우리 삼촌이 영화 티켓 두 장 줬거든."

지민이가 영화 티켓을 흔들었다.

"갈 수 있을지 모르겠어."

"왜? 학원 다니니? 시험 기간에도 수업이 있어?"

"그런 건 아니지만……"

"그럼, 가자. 우리 삼촌이 특별히 추천해준 영화야. 삼촌이 영화 잡지 기자거든. 우리 또래 이야기라더라."

지민이가 눈웃음을 살살 치며 졸랐다. '우리 또래'라는 말에 나도 영화가 궁금해졌다.

"오늘 밤에 알려줘도 돼?"

"응, 그렇게 해. 근데 웬만하면 좀 가지?"

지민이가 토라진 듯 눈을 흘겼다. 입가에는 장난기 어린 미소가 번져 있었다. 지민이와 나 사이의 공기가 가볍고 편안하게 느껴졌다. 나도 모르게 미소가 새어 나왔다.

언제나 그렇듯 나는 종례가 끝나자마자 회수네 반으로 갔다. 회수네 반은 아직 종례 중이었다. 회수를 기다리며 나는 손톱을 질겅질겅 씹었다. 마음이 복잡할 때면 튀어나오는 오래된 습관이었다. 회수에게 물어볼까? 회수가 화를 내지는 않을까? 겉으로 화를 내지는 않더라도 서운해하거나 상처를 입으면 어떻게 하지? 머리도 마음도 다시 무거워졌다.

"무슨 생각을 그렇게 골똘히 해?"

희수가 내 앞에 서 있었다.

"아냐, 아무것도…… 시험은 잘 봤어?"

"뭐, 그냥…… 상관없어."

희수의 얼굴에, 결과야 어떻든 정말 아무렇지도 않아, 라고 씌어 있었다.

"내일 시험 끝나고 뭐 할 거야?"

지민이가 내게 했던 질문을 다시 희수에게 던졌다.

"안 그래도 말하려고 했는데, 내일 외할머니 생신이라 이모가 나를 데리러 올 거야. 미안하지만 내일은 집에 같이 못 갈 거 같아. 이모랑 교문 앞에서 만나기로 했거든."

희수가 잔뜩 미안한 얼굴로 말했다.

"아냐, 미안하긴. 맛있는 거 많이 먹고 와. 외할머니가 보시면 속상해하시겠다, 여전히 말라깽이라고."

나는 새어 나오려는 미소를 꾹 누르며 말했다.

희수와 헤어져서 돌아오는 길에 지민이에게 문자 메시지를 보냈다.

영화 보러 갈 수 있어.

희수에게는 미안했지만, 엄마 몰래 나쁜 짓을 하는 아이처럼 설레고 신이 났다. 잠시 뒤에 지민이에게서 답장이 왔다.

갈아입을 사복을 준비해오는 센스~

팔짝팔짝 뛰는 고양이 이모티콘도 함께였다.

저녁 내내 가슴이 두근거렸다. 시험 공부는 이미 뒷전이었다. 마치 낯선 나라로 여행이라도 떠나는 것 같았다. 영화 한 편 보는 게 뭐라고……

어쩌면 영화 때문이 아니라 지민이랑 함께 가는 것 때문일지도 몰랐다. 어쩌면 지민이 때문이 아니라 희수가 아닌 다른 아이와 함께한다는 것 때문일지도 몰랐다. 그런 생각을 하자, 또다시 나쁜 일이라도 저지르는 것처럼 느껴졌다. 가슴속에 스무 개의 돌들이 차올랐다.

마지막 시험은 수학과 생물이었다. 나는 수학 문제집을 풀다 말고 벌떡 일어나 옷장 문을 열었다. 마땅한 옷이 보이지 않았다. 요즘 엄마는 내 옷을 사지 않는다. 지난번에 희수와 함께 보세 옷집에서 산 티셔츠는 어쩐지 유치하게 느껴졌다.

나는 엄마의 드레스 룸으로 갔다. 대부분이 정장이라 입을 만한 게 없기는 마찬가지였다. 선반에 반듯하게 접혀 있는 티셔츠들을 들춰보았다. 하얀색 폴로 티셔츠가 손에 잡혔다. 거울 앞에 서서 티셔츠를 몸에 대보았다. 깔끔한 느낌이 나쁘지 않았다. 블랙 진과 함께 입어보았다. 어디선가 본 듯한 익숙한 모습. 차갑고 단정한 인상. 거울 속에서 엄마를 닮은 고양이 눈이 날카롭게 빛났다. 나는 후다닥 티셔츠를 벗어버렸다.

아침에 희수와 함께 등교하면서도 영화를 볼 거라는 얘기는 하지 않았다. 거짓말을 하는 것 같아서 마음이 불편했지만, 좀처럼 말을 꺼낼 수가 없었다. 대신 희수가 외갓집에서 좋은 시간을 보내기를, 정말 행복한 시간을 보내서 내가 미안해하지 않아도 되기를 바랐다.

학교가 파하자마자 지민이와 나는 화장실에서 옷을 갈아입고 극장으로 향했다. 가운데 줄에 자리를 잡고 앉았다. 광고 몇 개가 지나간 후에 스크린에 「레이디 버드」라는 제목이 떴다.

새크라멘토라는 작고 조용한 마을에 사는 열여덟 살의 여자애. 자신을 특별하다고 여기고 스스로에게 '레이디 버드'라는 이름을 붙여주는 여자애. 철길 건너 부자 동네를 부러워하는 여자애. 엄마와 끊임없이 싸우는 여자애. 지루한 마을을 떠나 뉴욕에 있는 대학에 가는 꿈을 꾸는 여자애. 끝내 자신이 원하는 대로 뉴욕의 대학으로 가는 여자애. 그곳에서는 다시 고향을 그리워하는 여자애…… 영화는 흥미로웠다.

하지만 이해가 되지 않는 부분도 있었다. '레이디 버드'라는 그 여자애는 가난해서 불행해했다. 가난해서 지루하고, 할 수 있는 일이 별로 없다고 했다. 돈으로 할 수 있는 게 그렇게 많은 걸까? 게다가 나는 그 애가 하나도 지루해 보이지 않았다. 친구도 있고,

실패로 끝나긴 하지만 연애도 두 번이나 하고, 때론 과격하기도 하고 하고 싶은 대로 하기도 하고……

무엇보다도 그 애는 끊임없이 열망하고 있었다. 그리고 자신이 열망하는 것이 무엇인지를 확실히 알았다. 그 애는 더 큰 세계, 더 활기찬 세계, 이곳이 아닌 다른 세계에 가기를 원했다.

나는 내가 아무것도 하고 있지 않은 것 같다. 무엇을 원하지도, 무엇을 하고 있지도 않은 것 같다. 나는 그냥 제자리를 맴돌고 있는 것 같다. 어쩌면 나는 희수와 함께 반수면 상태에 머물러 있는 건 아닐까? 그런 생각이 들어 마음이 복잡해졌다.

"왜 그렇게 표정이 심각해?"

극장을 나오며 지민이가 물었다.

"아냐, 아무것도."

우리는 조금 걸었다.

"너도 엄마랑 그렇게 싸우니?"

이번엔 내가 물었다.

"우리 엄마는 늦둥이 보느라 정신이 없어서 나랑 싸울 시간도 없어. 나도 그럴 시간 있으면 늦둥이 기저귀라도 한 번 더 갈아줘야 해."

지민이가 투정처럼 한숨을 푹 쉬며 말했다. 그러곤 낄낄낄 웃었다. 정말 싫은 건 아니라는 듯이.

"그럼 너는?"

"우리 엄마도 나랑 싸울 시간 있으면 회사 서류를 한 번 더 볼 거다."

"너희 엄마 커리어 우먼이야?"

"뭐, 말하자면 그렇지."

"어머, 멋지다."

그게 멋진 건가?

"너도 엄마랑 그렇게 별 얘기를 다 하니?"

내가 또 물었다.

"요즘은 나보다 엄마가 더 많이 말하는 거 같아. 나만 보면 쫓아다니면서 아빠 흉을 보거나 늦둥이 재롱을 늘어놓는데, 엄청 피곤해."

지민이가 또 한숨을 푹 쉬고 웃었다.

우리는 즉석 떡볶이와 과일빙수를 사 먹었다. 사방 벽에 낙서가 가득한 음식점에서였다. 또래 아이들이 테이블마다 들어앉아 있었다. 스피커에서 아이돌의 노래가 시끄럽게 쏟아져 나왔다. 아이들이 떠드는 소리는 더 시끄러웠다. 즉석 떡볶이는 너무 맵고, 과일빙수에는 과일이 부족했다. 즉석 떡볶이도 과일빙수도 맛이 없었지만, 어쩐지 내내 흥겨웠다.

소음을 뚫고 우리도 이야기를 했다. 지민이는 우리 반 아이들에 대해 물었다. 담임에 대해서도 물었다. 두 주 동안 자신이 관찰하고 느낀 것에 대해서 말하기도 했다.

"근데 말이야, 네 얘기를 들어보니까 왜 네가 친구가 없는지 알겠다."

지민이가 말했다.

"지금 내가 왕따라는 말이니?"

"왕따라기보다는…… 너는 아이들에게 관심이 없는 것 같아."

"아니라고는 말하지 못하겠다."

"그럼 외롭지 않아?"

"글쎄……"

나는 지민이에게 희수에 대해 말할까 잠시 고민하다 그만두었다. 오늘은 희수를 떠올리고 싶지 않았다.

"진로는 정했어?"

지민이가 물었다.

"아직 잘 모르겠어. 너는 정했어?"

"나는 수학교육과에 갈 생각이야. 수학 선생님이 되는 게 꿈이거든."

"수학 선생님?"

지민이가 고개를 끄덕였다.

"참, 이번 여름방학에 나랑 같이 과학 특강 듣지 않을래? 완전 집중 코스라는데."

"글쎄……"

"그러지 말고 나랑 같이 듣자."

지민이가 내 손을 덥석 잡으며 말했다.

"나는 학원에 다녀본 적이 없는데……"

"그럼 혼자 공부해?"

"그냥 인터넷 강의 같은 거 들어."

"그럼 독서실에서 같이 공부하는 건 어때? 옆에서 누군가가 같이 공부하면 서로 힘이 되기도 하잖아."

"그런 데는 안 가봤는데……"

"너희 집은 조용해? 나는 늦둥이 동생 때문에 집에서 공부한다는 건 상상도 할 수 없어."

지민이가 또 한숨을 푹 쉬고 웃었다. 늦둥이 얘기가 나올 때면 늘 나오는 습관 같았다. 한숨을 쉬는 지민이도, 낄낄낄 웃는 지민이도 귀여워 보였다.

"우리 집엔 아무도 없어. 나밖에는."

나는 중얼거리듯 작은 소리로 내뱉었다.

"응?"

지민이가 되물었다. 눈을 동그랗게 뜨고 나를 빤히 바라보면서.

"아냐, 아무것도."

나는 그냥 얼버무렸다.

우리는 계속해서 이것저것에 대해 이야기했다. 나는 지민이가 아빠의 직장 때문에 지난 5년간 지방에서 살다가 입시 준비를 위해 다시 서울로 올라왔다는 것을 알게 되었다. 아빠만 남고 엄마와 늦둥이 동생과 함께 올라오기로 한 결정은 지민이 스스로의 선택이었다는 것도 알게 되었다. 그런 결정을 내린 지민이도 신기했지만, 지민이의 결정에 따라준 부모님은 더 신기했다.

"고3이 된다는 게 두렵지 않아?"

내가 물었다.

"물론 두렵지. 그럴 때마다 그 후를 상상해. 대학생이 된 나, 선생님이 된 나……"

지민이의 모습이 당차 보였다.

어려서부터 나는 뭐가 되고 싶은지에 대해 생각해보지 않았다. 나는 엄마처럼 성공에 집착하는 사람이 되고 싶지 않았다. 나에게 입시란, 엄마가 제시한 다섯 대학 중 한 곳에 보란 듯이 붙는 것이 전부였다. 그나마도 실현 가능성이 매우 희박한, 막연한 목표일 뿐이었다. 저 아이가 저만큼 걸어갈 동안, 나는 무엇을 하고 있었던 걸까?

"암튼 난 네가 맘에 든다."

지민이가 훅 치고 들어왔다. 나는 당황해서 얼굴이 붉어졌다.

"뭐 그렇게 놀라니? 넌 아니야?"

지민이가 쿡 찌르며 웃었다. 지민이가 성큼성큼 걸어서 내게로 다가왔다. 이제 곧 내 마음의 문을 열고 들어와버릴 태세였다.

그 순간 희수의 얼굴이 떠올랐다. 희수가 아닌 다른 아이에게 문을 열어줘도 되는 걸까? 다시 스무 개의 돌들이 가슴속에 차올랐다.

🏃

"야, 홍세영!"

영화를 보고 지민이와 돌아오는 길에 누군가가 나를 불렀다. 돌아보니 피자를 배달하던 남자애였다. 그 애가 나를 향해 달려오고 있었다.

"쟤 이름이 이규빈 맞지?"

지민이가 속삭였다.

듣고 보니 그런 것 같아서 고개를 끄덕였다. 남자애는 어디서부터 쫓아온 것인지 고개를 축 늘어뜨린 채 숨을 헐떡였다.

"이거 받아."

남자애가 작은 상자를 내밀었다.

"이게 뭔데?"

"사은품 준다고 했잖아."

노란색 머그잔이었다. 머그잔 한쪽에 '나폴리 수제 피자'라고 적혀 있었다.

"어머, 예쁘다. 이거 피자 시켜 먹으면 주는 거니?"

옆에서 보고 있던 지민이가 물었다.

"너 혹시 시간 있니?"

남자애가 씩 웃으며 물었다.

"있으면 왜?"

"전단지 좀 같이 돌려주라. 그럼 사은품 줄게. 마침 하나 더 있거든."

남자애가 가방에서 전단지 묶음과 사은품 상자를 꺼냈다. 이번에는 빨간색 머그잔이었다.

"좋아. 이리 내."

지민이가 싱글싱글 웃으며 남자애의 손에 있는 전단지를 왕창 가져갔다.

"너도 좀 도와줄래?"

대답하기도 전에 남자애가 전단지 한 묶음을 내 손에 쥐여주었다.

"이렇게 많이 돌리라고?"

나는 얼굴을 찡그리며 볼멘소리로 말했다.

남자애가 반을 다시 가져가며 멋쩍게 웃었다.

얼떨결에 손에 쥐여진 전단지를 바라보며 나는 우두커니 서 있었다. 몇몇 사람들이 지나갔지만, 차마 전단지를 내밀지 못했다.

"아줌마, 이거 가지고 가세요. 수제 피자 가게 오픈했어요. 주문하시면 사은품으로 예쁜 머그잔도 드려요."

"애, 이거 가져가서 엄마 보여드려. 엄마한테 피자 사달라고 해. 엄청 맛있다."

지민이는 뛰어다니면서 적극적으로 전단지를 돌렸다. 덕분에 전단지는 빠른 속도로 줄어들었다. 나는 지민이와 남자애가 전단지 나눠주는 모습을 지켜보다가 용기를 내어 따라 하기 시작했다. 막상 해보니 어렵지도 않았다.

"내가 알바비로 피자 한 판 쏠게."

남자애가 호기롭게 말했다.

"정말이야? 난 또 머그잔으로 퉁치는 줄 알았는데…… 자식, 제법인데."

지민이가 활짝 웃으며 말했다.

"뭘, 그 정도 가지고…… 너희 무슨 피자 먹을래?"

"고르곤졸라."

이번에도 지민이가 말했다.

"너도?"

남자애가 나를 보며 물었다. 나는 그냥 고개를 끄덕였다.

"너희 집에서 먹어도 돼?"

남자애가 나에게 물었다.

"우리 집?"

나는 너무 갑작스러운 질문이라 깜짝 놀랐다. 그동안 우리 집에
친구들을 데리고 간 적이 거의 없었다.

"너희 집 여기서 가깝잖아. 저번에 보니까 시원하고 좋더라."

남자애와 지민이가 나를 빤히 바라보았다. 두 사람 다 땀으로 흠
뻑 젖어 있었다. 내 목덜미도 축축했다. 나는 고개를 끄덕였다. 잠
시 희수의 얼굴이 스치고 지나갔다. 다행히 희수는 외갓집에서 자
고 다음 날에나 올 예정이었다.

아이들과 함께 집으로 걸어가는데, 가슴이 두근거렸다. 오랜 시
간 동안 잠겨 있던 깊은 숲속 성의 문을 마침내 여는 것 같은 신비
로운 느낌마저 들었다. 도우미 아줌마가 오늘도 청소를 말끔히 했
을 텐데도 세월의 더께가 쌓여서 먼지가 풀풀 날릴 것만 같았다.
판타지 영화의 한 장면처럼 문을 여는 순간, 새로운 시간이 시작될
지도 몰랐다.

나는 뒤따라오는 지민이와 남자애가 내 마음을 알아차릴까 봐

차마 뒤를 돌아볼 수 없었다.

🎴

"홍세영! 내 말 듣고 있는 거야?"

희수가 빽 소리를 질렀다. 나는 그제야 내가 딴생각을 하고 있었다는 것을 깨달았다.

"아, 미안."

"도대체 무슨 생각을 그렇게 골똘히 하는 거야? 어제 무슨 일 있었어?"

"일은 무슨 일…… 근데 무슨 얘기를 하고 있었지?"

"외할머니가 눈물을 흘리시더라고."

"외할머니가 왜 눈물을 흘리셔?"

"너 정말 내 얘기 안 듣고 있었구나! 내가 바질 페스토 파스타를 만들어드렸다고 했잖아. 엄마 거랑 똑같다며 우시더라고."

"정말? 정말 아줌마 거랑 똑같다고 하셨어?"

나는 일부러 팔짝 뛰며 놀란 표정을 지었다.

"그렇다니깐."

희수가 장난스럽게 거만한 표정을 지었다.

희수의 표정을 보며 나는 줄곧 내 마음 한쪽에 붙어 있던 불편한 감정을 떨쳐버렸다. 어제는 희수에게도 나에게도 모두 좋은 날이었던 것이다.

고르곤졸라 피자는 순식간에 없어졌다. 우리는 추가로 페퍼로니 피자를 주문했다. 이번에는 내가 돈을 냈다. 우리 집에 놀러 온 손님들이니까. 우리 집에 있는 이규빈 대신 이규빈의 형이 배달을 왔다. 계산을 하는 동안 이규빈은 화장실에 숨어 있었다. 우리 단지는 이규빈의 배달 영역이기 때문에 걸리면 작살난다고 했다.

우리는 곧 다가올 여름방학에 대해 이야기를 했다. 이규빈은 배달해서 모은 돈으로 남해를 여행할 거라고 했다.

"남해? 그쪽이라면 내가 전문인데. 내가 거기 살다 왔잖아."

지민이가 반가워하며 말했다.

"내가 맛집이랑 교통편이랑 다 알려줄게. 참, 너 묵을 데 없으면 우리 아빠 집에 가서 자라."

"정말 그래도 돼?"

이규빈이 감동한 얼굴로 물었다.

나도 깜짝 놀랐다. 우리 집이라면 상상도 할 수 없는 일이었다.

"너 하는 거 봐서."

지민이가 아주 거만하게 말했다.

대화는 계속해서 이어졌다. 가족들에 대해서, 진로에 대해서, 텔레비전 프로그램에 대해서, 좋아하는 가수에 대해서, 우리는 계속 떠들었다. 줄곧 듣고만 있던 나도 어느새 활발히 대화에 참여하고 있었다. 지민이와 한패가 되어 이규빈을 놀리는 것도 재미있었다. 시간은 유쾌하게 흘러갔다. 나는 1년 반 전, 희수의 부모님이 사고로 돌아가시기 전으로 되돌아간 것만 같은 기분이 들었다. 그때도 이렇게 웃고 떠들었는데…… 한순간 마음이 무거워졌다. 나혼자 이렇게 즐거워도 되는 걸까? 희수는 저만치 뒤에 남겨두고?

"야, 이제 가자. 세영이 피곤한가 보다."

내 얼굴이 굳어진 것을 발견한 지민이가 이규빈을 재촉했다.

아이들을 배웅하며 나는 한편으로는 아쉽고 다른 한편으로는 안심이 되었다. 더 이상 불편한 기분을 느끼지 않아도 되니까.

아이들이 돌아가고 얼마 안 되어 엄마가 돌아왔다. 식탁 위에 널브러져 있는 피자 박스와 페트병을 보고 엄마의 눈이 휘둥그레졌다. 짜증을 낼 줄 알았는데, 엄마는 피식 웃었다.

"누가 왔었니?"

"우리 반 애들."

"누구?"

"엄마가 들으면 알아?"

"희수는 알지."

"희수는 우리 반이 아니야."

"희수 말고 다른 애들이 왔어?"

엄마가 새삼 밝고 높은 목소리로 물었다.

나는 대답은 하지 않고 엄마의 얼굴을 빤히 들여다보았다. 저 반응은 뭐지?

엄마가 말하기 싫으면 말라는 듯, 콧노래를 부르며 돌아섰다. 웬일인지 엄마는 몸소 피자 박스와 페트병을 치우기 시작했다. 그러다 남아 있는 피자 한 조각을 발견했다. 엄마는 피자를 집어 들고 한입 베어 물었다. 접시를 꺼내서 먹던 피자를 올려놓고는 전자레인지에 데웠다. 엄마는 내가 보기에도 맛있게 피자를 먹었다. 배가 고픈 건가? 그런 엄마를 기웃거리다가 생각지도 않은 말이 내 입에서 불쑥 나와버렸다.

"나 여름방학에 과학 특강 들을 거야."

"잘 생각했어."

엄마는 고민도 없이 대답했다. 지금껏 기다려왔다는 듯이.

엄마와 내가 의견이 일치하기는 아주아주 오랜만의 일이었다.

"홍세영!"

날카로운 목소리로 희수가 내 이름을 불렀다.

"너 오늘 정말 이상하다. 도대체 무슨 생각을 그렇게 하니?"

"생각? 내가 그랬어?"

"그래. 혼자 실실 웃어가면서. 도대체 무슨 꿍꿍이야?"

"꿍꿍이는 무슨. 어젯밤에 꾼 꿈이 하도 황당해서 그 생각 했어."

나는 시치미를 뗐다.

"무슨 꿈인데?"

"어, 그게…… 개꿈이지 뭐. 근데 희수야, 너 방학 동안 뭐 할 거야?"

"특별한 계획은 없지만, 음…… 우리 레시피를 다섯 개쯤 더 완성하는 거?"

희수가 '레시피'라는 말을 꺼내는 순간, 가슴이 턱 막혀왔다. 나는 또 제자리를 맴돌고 있는 기분이 들었다.

"이번엔 단호박 해물찜을 해볼까 해. 우리 외할머니가 좋아하는 음식이거든. 꼭 성공해서 여름방학에 놀러 가면 만들어드릴 거야."

희수는 말을 하며 계속해서 걸어갔다.

나는 아무 말도 하지 않았다. 얼굴이 일그러지는 것을 들키지 않으려고 고개를 숙였다. 내 걸음이 점점 느려져서 희수로부터 멀어졌다. 어지럽고 메스꺼운 기분이 들었다. 레시피를 만드는 일에 진력이 나려 했다.

"이게 뭐야?"

"여름 티셔츠랑 반바지."

"나 입으라고 산 거야?"

"방학 동안 특강 들으러 다니려면 필요할 것 같아서 샀는데, 입기 싫으면 안 입어도 돼. 네 맘에 안 들면 회사 직원 딸한테 주면 돼. 그 애도 네 또래라더라."

무심한 듯한 엄마의 말투에서 이상한 느낌을 받았다. 엄마도 나를 두려워하는 것 같았다. 내가 거절할까 봐, 내가 싫어할까 봐, 엄마는 내 눈치를 보고 있었다. 그러자 내 마음도 약해졌다.

"알았어. 입을게."

"그러든가."

새침하게 말하는 엄마의 목소리가 미세하게 떨렸다. 엄마의 입꼬리가 올라가는 것을 나는 목도했다.

"피자 시켜 먹을까?"

엄마가 말했다.

"엄마, 피자 좋아해?"

"저번에 그 피자 맛있더라."

"알았어. 저번에 엄마가 먹었던 거로 시킬게."

나는 노란색 머그잔을 찾아 거기 적혀 있는 번호를 눌렀다.

"그게 거기 번호니?"

나는 고개를 끄덕이며 신호음이 울리길 기다렸다.

토요일 오후였다. 아빠는 골프를 치러 아침 일찍 나갔고, 엄마는 오늘 집에 있을 모양이었다. 피자가 오길 기다리는 동안 엄마는 거실 소파에 앉아 텔레비전 뉴스를 봤고, 나는 휴대전화로 게임을 했다.

벨이 울리고 피자가 도착했다.

"너, 우리 집 단골 되겠다."

배달 온 이규빈이 너스레를 떨었다.

"둘이 친구야?"

마침 엄마가 지갑을 들고 나타났다.

"저번에 우리 집에 왔다던 친구가 너니?"

엄마의 예리한 눈이 이규빈을 관찰하고 있었다.

"아, 네…… 그렇지만 임지민이라고, 다른 여자애가 하나 더 있었어요."

이규빈이 변명을 하듯 말했다.

"누가 뭐래니?"

엄마가 씩 웃으며 말했다.

이규빈이 빨개진 얼굴로 총총히 사라졌다.

이번에도 엄마는 맛있게 먹었다. 사실 별다를 게 없는 피자였다. 비싸고 고급스러운 음식에 익숙해져 있을 엄마가 애착을 보이는 게 신기했다.

"오늘은 희수한테 안 가니?"

엄마가 나를 떠보듯이 물었다.

"갈 거야."

내 대답을 듣자마자 엄마의 표정이 굳었다. 하지만 아무 말도 하지 않았다. 희수에 관한 한 엄마도 나를 건드릴 수 없었다. 희수에 대한 어떤 비판과 판단도 나는 용납할 생각이 없었다. 더군다나 엄마에게는.

희수한테 갈 때 나는 엄마가 사준 새 옷을 입지 않았다. 희수는 가끔 이모와 쇼핑을 했다. 외할머니가 보내준 돈으로 옷을 사기도 했다. 하지만 나는 엄마가 사준 옷을 희수 앞에서 버젓이 입을 수 없었다. 내가 엄마를 싫어한다는 것을 희수도 알고 있었다. 그래도 엄마는 엄마였다. 희수에게 없는 것을 나는 가지고 있었고, 그 사실이 드러나는 순간이면 어김없이 가슴속에 스무 개의 돌이 차올랐다.

엄마가 사준 옷을 입지 않았는데도 희수를 만나러 가는 동안 마음이 불편했다. 나는 오늘 희수에게 과학 특강에 대해서 이야기할 생각이었다. 사실 지민이는 더 많은 제안을 했다. 방학 동안 우리집에서 함께 공부하고 싶어 했다. 각자 자신 있는 과목을 정해서 먼저 공부한 다음, 상대방에게 가르쳐주고 숙제도 내주고 검사도 하면서 스케줄을 관리해주자는 것이었다.

"다른 사람을 가르치는 것만 한 공부가 없거든."

지민이가 똑 부러지는 목소리로 말했을 때, 나는 가슴이 설렜다. 뭔가 구체적인, 현실적이고도 미래 지향적인, 그리고 아주 생산적인 일이 일어날 것만 같았다. 어쩌면 나는 오래전부터 그러고 싶었는지도 몰랐다. 어쩌면 나도 엄마처럼 나 자신의 발전을 위한 일을 하고 싶었는지도 몰랐다.

그렇게 되면 희수는 어떻게 되는 걸까? 엄마가 성공을 위해 나를 혼자 남겨두었듯이, 나도 희수를 혼자 남겨두게 되는 걸까? 엄마의 빈자리를 채워주었던 아줌마와 희수를 이렇게 배신해도 되는 걸까? 나는 또 마음이 복잡해졌다.

"그거 아주 맘에 드는데! 나도 끼워주라. 언어 영역은 내가 맡을게. 내가 이래 봬도 어려서부터 책을 많이 읽어서 언어 영역은 1등급이야. 대신 누가 내 수학 좀 책임져주라."

겉보기엔 공부에 관심이 없어 보이던 이규빈이 먼저 흥미를 보였다.

"세영이 너는?"

나는 지민이의 제안이 맘에 들었음에도 불구하고 그 자리에서 선뜻 대답을 하지 못했다.

"하긴, 장소를 제공하려면 부모님과 먼저 상의해봐야겠지? 더군다나 이런 시꺼먼 남자애까지 끼워주려면."

지민이가 이해한다는 표정으로 고개를 끄덕였다.

"내가 뭘…… 내가 속살이 얼마나 하얀데…… 알고 보면 너희들보다 더 순수해."

이규빈이 머리를 긁적이며 말했다.

나는 희수네 집으로 가는 대신 무작정 걸었다. 희수네 집 근처를 빙글빙글 돌았다. 이따금 있는 일이었다. 희수와 레시피를 만드는 일도 지겹고 집에 혼자 있기도 지겨워질 때면, 나는 이렇게 걸었다.

지민이의 제안이 계속 마음에 남아 있었다. 시간이 지날수록 더 마음이 끌렸다. 하지만 또다시 희수만 뒤에 남겨지면 어떻게 하지? 희수가 우주로 돌아가버리면 어떻게 하지? 결국 나는 아줌마와의 약속을 저버리게 되는 걸까?

아주 묵직한 무언가가 내 가슴속에 던져졌다. 나는 깊은 우물처럼 고독해졌다.

"그렇지. 너도 고2니까 뭐든 해야겠지."

희수는 남 얘기하듯 말했다. 자신은 고2가 아니라는 듯이. 내 기분 탓이었을까? 희수의 말투에서 쓸쓸함이 느껴졌다.

나는 희수에게 특강을 듣는다고만 말했다. 지민이 얘기는 할 수 없었다.

"이번 주엔 무슨 요리를 하기로 했지?"

희수의 마음을 달래주기 위해 일부러 큰 소리로 물었다.

"도대체 몇 번을 말해야 해? 티라미수! 방학 동안 디저트 레시피를 완성하겠다고 했잖아."

희수가 불현듯 짜증을 냈다.

나도 기분이 상해버렸다. 나는 희수에게서 시선을 돌렸다. 희수도 마찬가지였다. 한동안 침묵이 흘렀다. 마침내 희수가 입을 열었다.

"내일 마트에 갈 거야. 같이 갈 생각 있으면 3시까지 우리 집으로 와."

희수가 획 돌아서더니 가버렸다.

나는 그 자리에 서서 고민에 빠졌다. 달려가서 희수를 잡아야 할까? 좀처럼 발걸음이 떼어지지 않았다. 그사이 희수는 점점 더 멀어져갔다.

나는 눈을 질끈 감고 뒤돌아서 걸었다.

어쩌면 희수가 걸음을 멈추고 나를 기다릴 수도 있었다.

어쩌면 희수가 돌아서서 나를 보고 있을 수도 있었다.

어쩌면 희수가 내 마음이 멀어져가는 것을 눈치챘을 수도 있었다.

무언가가 뒤에서 나를 끌어당기는 것만 같았다. 희수의 시선일지도 몰랐다.

어쩌면 희수가 주문을 걸고 있을지도 몰랐다.

나는 걸음을 멈추지 않았다. 내 속에서 못되게 굴고 싶은 욕망이 일어났다. 잔인해지고 싶은 욕망이었다. 희수를 뿌리치고 내 멋대로, 내가 원하는 대로 하고 싶었다. 희수가 혼자 남겨지든 말든 내 알 바 아니라고 소리 지르고 싶었다. 희수처럼 자기만 아는 못된 애는 어깨 위에 내려앉은 먼지처럼 훌훌 떨어버리고 말겠다고 큰 소리로 선언하고 싶었다.

나는 휴대전화를 꺼내 지민이의 번호를 눌렀다.

"세영! 그새 또 내가 보고 싶었어?"

지민이의 애교 섞인 목소리가 휴대전화 너머에서 들려왔다.

"저번에 네가 제안한 거 있지, 우리 집에서 같이 공부하자고 한 거, 그거 하자."

나는 단숨에 말해버렸다. 마음이 흔들리기 전에 끝내버리겠다는 듯이.

내 말을 듣고 지민이가 웃음을 터뜨렸다.

"그 말을 뭐 그렇게 비장하게 말해? 그게 그렇게 어려운 고민이었어?"

한참을 웃더니 지민이가 말했다.

갑자기 얼굴이 빨갛게 달아올랐다. 무안한 기분이 들었다. 내가 이상한 걸까? 희수와 나의 관계를 모르는 지민이의 눈에는 내가 이상해 보이는 걸까? 어쩌면 희수와 내가 당연하다고 생각하는 일이 당연하지 않은 걸까? 이를 테면 우리의 관계 같은 게?

여름방학

🦋

　며칠 전부터 누군가의 시선이 느껴졌다. 고개를 돌릴 때마다 누군가가 나를 바라보다가 성급히 시선을 피했다.

　"저기 저 애 말이야, 아까부터 너를 자꾸 힐금거린다. 너 좋아하나 봐."

　지민이가 먼저 말을 꺼냈다.

　남자애는 고개를 숙이고 교재를 보는 척했다. 검은색 뿔테 안경을 낀 다소 통통한 남자애였다. 언뜻 보기에도 심성이 착해 보이는, 아주 평범한 인상의 아이였다.

　"네 스타일 아니지?"

　지민이가 물었다.

　나는 웃으며 고개를 끄덕였다. 갑자기 준호 생각이 났다. 희수와 나를 연적으로 만들었던. 준호가 얼마나 잘생겼었는지 지민이

84

에게 보여줄 수 없다는 게 아쉬웠다.

"저, 이거……"

물리 문제와 씨름을 하고 있는데, 낯선 음성과 함께 탄산음료를 든 투박한 손이 불쑥 눈앞으로 들어왔다. 고개를 들어보니, 나를 힐금거리던 그 남자애였다. 남자애는 나와 눈이 마주치자 귓불까지 빨갛게 달아올랐다. 그 모습이 너무 안돼 보여서 나는 음료수를 받아 들었다.

"고마워."

내가 말했다. 혹시라도 오해를 하면 안 되니까, 미소는 짓지 않았다.

"그거 내가 알려줄까?"

남자애의 시선이 내가 풀고 있던 문제로 옮겨가 있었다.

"풀 줄 알아?"

"응."

남자애는 내 허락도 떨어지기 전에 펜을 들고 문제를 풀어갔다.

"잠깐만, 여기서부터 다시 설명해줄래?"

남자애는 내가 가리킨 부분으로 돌아가 다시 설명을 시작했다.

"이해됐어?"

남자애가 내 눈을 보며 물었다. 검은 뿔테 안경 너머 두 눈동자가 반짝였다. 이번에는 남자애의 얼굴이 빨개지지 않았다.

나는 고개를 끄덕였다. 남자애의 설명이 귀에 쏙쏙 들어왔다. 차분한 목소리가 듣기 좋았다.

"혹시 도움이 필요하면 언제든지 연락해."

남자애가 내 연습장에 전화번호와 이름을 적으며 말했다.

나는 아무 대답도 하지 않았다. 남자애의 이름은 김시현이었다.

"자식, 제법인데! 순진한 줄 알았더니 선수 아냐?"

뒤에 앉은 지민이가 속삭였다.

"설마."

 말은 그렇게 했지만, 시현이란 남자애가 달라 보인 것은 사실이었다. 어쩌면 정말로 연락하게 될지도 모른다는 생각을 했다.

                                    �֍

 희수가 티라미수 재료를 사기 위해 마트에 갈 거라던 그날 3시에, 나는 희수네 집으로 가지 않았다. 갑자기 못되게 굴고 싶어졌고, 마음이 몹시 무거웠지만 이를 악물고 그렇게 해버렸다. 희수도 내게 연락하지 않았다. 그렇게 열흘이나 지났다.

 그사이 여름방학과 함께 과학 특강이 시작되었다. 나는 태어난 이래 가장 바쁜 시간을 보냈다. 갑자기 시간이 빠르게 흘러갔다. 지민이가 내준 수학 숙제와 이규빈이 내준 언어 숙제를 하고, 내가 맡은 영어 문법을 정리하느라 눈코 뜰 새가 없었다. 나는 엄마가 사준 티셔츠를 번갈아 입으며 특강에 빠지지 않고 참석했다. 특강이라 그런지 학교에서 배우는 것보다 더 어렵고 구체적이었다. 옆에 앉은 지민이도 미간에 주름을 팍 잡고 이해하려고 애를 썼다.

나는 지민이와 이규빈과 함께 공부하는 시간이 재미있었다. 무언가를 열심히 하고 있다는 성취감을 처음으로 느껴보았다. 엄마가 제시한 다섯 개의 대학에 들어가지 못한다고 해도 아쉽지 않을 것만 같았다. 지민이처럼 뚜렷한 목표가 없어도 상관없었다. 나는 그냥 그 시간이 좋았다.

그사이 내가 희수를 완전히 잊고 있었던 것은 아니었다. 희수는 늘 내 마음 한쪽에 살면서 이따금 나를 자책하게 만들었다. 나는 나쁜 아이가 된 것 같았다. 그런데 이상한 고집이 생겼다. 자책이 심하면 심할수록 희수에게 먼저 연락하기가 싫었다.

수학 문제를 풀다가 깜박 잠이 들었다. 책상에 엎드려 자면서 꿈을 꾸었다. 꿈속에서 희수는 또 깊은 잠을 자고 있었다. 잠을 자는 동안 희수의 몸은 점점 줄어들었다. 희수의 얼굴은 백짓장처럼 하얗게 변했다. 희수는 다시 종이 인형처럼 가벼워져서 금방이라도 날아가버릴 것만 같았다.

"세영아! 세영아!"

엄마가 나를 흔들어 깨웠다.

"무슨 일이야? 악몽이라도 꿨어?"

엄마가 놀란 얼굴로 물었다.

"지금 몇 시야?"

"새벽 3시. 왜 침대에서 안 자고 책상에 엎드려서 자고 있어?"

"엄마는 왜 왔어?"

"물 마시려고 나왔다가 네 방에 불이 켜져 있어서 들어왔지. 근데 네가 책상에 엎드려서는 끙끙 앓고 있잖아."

"내가 그랬어?"

"그래. 잠은 편하게 자."

부스럭거리며 일어나는데, 나를 바라보는 엄마의 시선이 예전과 달랐다. 뭐지, 저 눈빛은? 어쩐지 나를 대견하게 여기는 것 같았다. 나는 좀 무안해져서 후다닥 이불 속으로 파고들었다.

꿈속에서 본 희수의 모습이 마음에 걸려서 나는 더 이상 고집을 피울 수가 없었다. 다음 날, 학원 수업을 마치자마자 희수네 집으로 향했다. 달려가는 내내 종이 인형 같던 희수의 모습이 머릿속을 떠나지 않았다. 두려웠다. 만일 희수가 다시 예전 모습으로 돌아간다면 나 자신을 결코 용서할 수 없을 것 같았다.

한참 동안 벨이 울린 뒤에야 할머니가 나와 문을 열어주었다.

"할머니, 희수는요?"

나는 숨을 헐떡거리며 물었다.

"어제 외갓집에 갔다."

할머니는 덤덤한 목소리로 대답했다.

"왜요? 무슨 일 있어요?"

"방학 동안 거기 있을 거라더라."

할머니의 무덤덤한 표정을 보며 나는 그제야 마음을 놓을 수 있었다. 휴, 안도의 한숨을 몰아쉬었다.

할머니에게 인사를 하고 돌아서서 나오는데 발걸음이 가벼워졌다. 희수는 아프지도 않고 다시 깊은 잠에 빠져 있지도 않았다. 희수가 외갓집에 있는 동안 더 이상 레시피를 만들지 않아도 되었다. 나는 겨드랑이 사이로 날개 같은 게 돋아나 붕붕 떠오를 것만 같았다.

🌀

눈앞에 다시 탄산음료가 나타났다. 이번에도 김시현이었다.

"나 탄산음료 안 좋아해."

"아, 미안."

내 말을 거절로 알아들었는지, 김시현의 얼굴이 굳어졌다.

"난 이온음료 좋아해."

나는 탄산음료의 마개를 따며 말했다.

김시현의 얼굴에 어느새 미소가 번졌다. 항상 대각선으로 세 칸 뒤에 앉던 김시현이 내 옆자리에 책가방을 내려놓았다. 다행히 내 책상과 김시현이 차지한 책상 사이에는 좁은 통로가 있었다. 김시현이 이따금 내 책상 위를 힐긋거리는 게 느껴졌다. 책상 위에 펼쳐진 교재와 노트와 볼펜과 형광펜, 샤프펜슬과 지우개가 김시현의 레이더에 적나라하게 노출되었다. 나는 이유도 없이 부끄러워졌다.

강의실로 들어오던 지민이가 나와 김시현을 발견하고는 화들짝 놀랐다.

"뭐야, 벌써 이렇게 진행된 거야?"

내 뒤에 자리를 잡으며, 지민이가 내 등을 탁 때렸다.

나는 지민이에게 눈을 흘기며 조용히 하라는 신호를 보냈다. 지민이는 내 신호 따위는 아랑곳하지 않고 호탕하게 웃어댔다.

선생님이 들어오고 수업이 시작되었다. 나는 이해가 될 듯 말 듯한 물리 수업을 간신히 따라가며, 곁눈으로 김시현을 힐끗거렸다. 김시현은 내가 힐끗거리는 것도 모른 채 수업에 몰두해 있었다. 진지한 얼굴로 이따금 고개를 끄덕이고, 선생님의 풀이를 작은 목소리로 따라 했다.

"시간 괜찮으면 망고빙수 먹으러 갈래?"

수업이 끝나고 김시현이 말했다.

"망고빙수?"

내가 대답을 망설이는 사이, 지민이가 나를 툭 치며 지나갔다.

"세영아, 나 먼저 간다."

말릴 새도 없이 지민이는 사라졌다.

나는 김시현을 따라 걸었다. 망고빙수 가게는 좀처럼 나타나지 않았다. 버스 정류장으로 한 정거장 넘게 걸어야 했다.

"좀 멀지? 가방 들어줄까?"

김시현이 미안해하는 얼굴로 물었다.

"아니, 괜찮아."

나는 그 길을 걷는 게 좋았다. 햇빛이 찬란한 여름 오후였지만, 김시현과 내가 걸어가는 길에는 플라타너스가 울창했다. 이따금 바람이 불어오기도 했다.

"여기야."

김시현이 발걸음을 멈춘 곳에 자그마한 카페가 있었다. 누가 숨겨놓은 것처럼 덩그마니. 망고처럼 노란색 페인트칠이 되어 있고, 진한 파란색으로 '망고'라고 적힌 작은 간판이 걸려 있었다. 나무로 된 문은 열릴 때 삐걱 소리가 났다. 산뜻하게 페인트칠이 된 외벽과는 달리, 가게는 꽤 오래된 느낌이었다. 가게 안에는 일곱 개의 테이블이 있었지만, 단 두 테이블에만 손님이 있었다. 김시현은 창가 쪽으로 자리를 잡았다.

"시현이 오랜만에 왔구나!"

물과 함께 주문을 받으러 온 주인아저씨가 말했다. 턱 주위로 수염이 덥수룩했다. 김시현과는 가까운 사이처럼 보였다.

"손님이 왜 이렇게 없어요?"

"그러게 말이다. 네가 떠나고 나서 줄곧 이렇다. 이럴 줄 알았으면 녀석, 안 놔주는 건데 말이야."

아저씨의 말에 김시현은 빙그레 미소만 지었다.

손님을 끌어들일 만큼 매력적인 외모는 아니라, 나도 모르게 웃음이 새어 나왔다. 아저씨의 시선이 나에게 와서 닿았다.

"시현이 여자 친구?"

털보 아저씨가 나를 보며 물었다.

나는 고개를 설레설레 저었다. 어려운 물리 문제를 척척 풀어내고 알기 쉽게 설명해준다고 해서 김시현의 여자 친구가 될 생각은 없었다.

"아저씨, 망고빙수 하나랑 아메리카노…… 그리고 무슨 케이크 좋아해?"

김시현이 얼굴을 붉히며 서둘러 주문했다.

"아무거나 상관없는데."

"치즈 케이크 주세요."

털보 아저씨는 여전히 빙그레 미소를 지으며 총총히 사라졌다.

"여기서 알바했었어. 휴학한 1년 동안."

"휴학했었어?"

"응. 올해 복학했어. 나는 열아홉 살이야."

그러고 보니 김시현이 어딘가 어른스러워 보였다.

털보 아저씨가 망고빙수와 아메리카노, 치즈 케이크를 가지고 왔다. 오목한 접시에 담긴 망고빙수의 양이 장난이 아니었다.

"우리 시현이가 데리고 온 첫번째 친구라 듬뿍 담았다. 오늘은 내가 쏜다."

아저씨가 흐뭇한 미소를 지으며 말했다.

김시현이 털보 아저씨를 향해 씩 웃었다.

"휴학은 왜 한 거야?"

"한마디로 정리하긴 어려워."

김시현이 창밖으로 시선을 돌렸다.

"학교에 가려고 버스 정류장에 서 있는데 갑자기 이상한 기분이 들었어. 주변이 낯설어지면서 내가 왜 여기 있는지, 뭘 하고 있는지, 내가 존재하는 시간도 공간도 모두 낯설어지는 거야."

김시현의 시선이 다시 내 앞으로 돌아왔다.

"나 자신으로부터 분리된 느낌이랄까? 아니, 세상으로부터 분리된 느낌이었어. 사람들이 다 같이 돌고 있는 궤도에서 나만 떨어져 나간 것 같은 느낌 말이야."

김시현이 다른 사람의 이야기처럼 무덤덤하게 말했다.

"나중에 병원에 가보니 '이인증離人症'이라고 그러더라고. 그런 일이 몇 번 있었는데, 예기치 못한 순간에 찾아오기 때문에 늘 긴장이 되었어. 부모님이 먼저 한 해 쉬면서 여유를 가져보는 게 어떻겠냐고 권유하셨지."

"이젠 괜찮은 거야?"

"부모님과 여행도 하고, 또 여기서 알바도 하면서 여유롭게 지냈더니 언젠가부터 증세가 나타나지 않았어. 마치 잃어버렸던 나 자신과 다시 합체된 기분이었어. 세상의 궤도에는 아직 들어가지 못했지만 나 자신의 궤도를 느리게 그리며 안정감을 되찾았다고나 할까? 그래서 학교생활을 다시 시작해야겠다는 생각이 들었어."

나는 고개를 끄덕였다.

"막상 복학을 하고 나니 학습 진도를 따라가는 건 어렵지 않았는데, 친구를 사귀는 건 왠지 쉽지가 않더라. 그러다가 너를 발견했어."

"나를 발견하다니…… 나를 왜?"

나는 정말 의아했다. 누군가의 발견의 대상이 되기에는 나는 너무 평범했다.

"나도 모르겠어. 그냥 너랑 얘기해보고 싶었어. 어떤 동질감 같은 것을 느꼈다고나 할까? 그게 뭔지는 알지 못하지만…… 막연하게 그런 느낌이 들었어."

김시현이 수줍게 웃었다.

나는 따라 웃지 않았다.

"나 그게 뭔지 알 것 같아."

"뭔지 알아?"

"응."

김시현이 호기심이 가득 찬 눈으로 나를 응시했다. 잠시 시간이 멈춰버린 것처럼 주위가 고요해졌다. 스피커에서 나오던 음악이 어느새 멈춰 있었다.

"나도 세상의 궤도에서 벗어나 있거든."

고요를 뚫고 내가 말했다. 속삭이듯 작은 목소리로. 깃털처럼 날아간 말이 김시현의 감색 티셔츠 가슴께에 사뿐히 내려앉았다. 검은 안경테 안에서 김시현의 눈빛이 빛났다.

"왜?"

김시현이 물었다. 그 애의 목소리도 덩달아 작아졌다.

갑자기 나는 모든 것을 털어놓고 싶은 충동을 느꼈다. 희수에 대해서. 아줌마와의 약속에 대해서. 레시피들에 대해서. 우리의 멈춰진 시간들에 대해서. 세상의 궤도에서 이탈해버린 우리 둘에 대해서.

하지만 나는 희수 이야기는 할 수 없었다. 희수와 나 사이의 일을 그렇게 쉽게 타인에게 알려줄 수는 없었다.

여전히 궁금해하는 김시현의 눈빛을 못 본 척한 채, 치즈 케이크
로 시선을 돌렸다. 치즈 케이크의 감미로운 맛이 입안을 부드럽게
감쌌다.

"여기서는 서빙을 했던 거야?"

"아니, 케이크를 만들었어."

"케이크를 만들 줄 알아?"

"몇 가지는."

"이것도 만들 줄 알아? 이런 맛이 나게?"

나는 치즈 케이크를 가리키며 물었다.

"응. 그리고 이것도."

김시현이 망고빙수를 가리키며 별일 아니라는 듯 무심히 말했다.

김시현은 망고빙수나 치즈 케이크가 아닌 다른 이야기를 하길
원하는 게 분명했다. 하지만 나는 희수와 만들 계획인 티라미수에
대한 얘기도 꺼낼 수 없었다.

어쩐지 반칙 같았다. 희수와 나 사이의 일을 다른 사람에게 발설
하는 것은.

❀

이규빈은 수학 문제를 풀다 말고 꾸벅꾸벅 졸았다.

"야, 너 정신 안 차려?"

지민이가 이규빈의 등짝을 찰싹 때리며 소리를 질렀다. 진짜 선생님이라도 된 것처럼 인상을 잔뜩 찌푸린 채였다.

"미안."

이규빈이 부스스한 얼굴로 머리를 긁적였다.

"오늘도 배달할 게 많았어?"

냉장고에서 오렌지주스를 꺼내 한 잔 따라 주며, 내가 물었다.

"말도 마. 방학 되니까 엄마들이 밥하기 싫은가 보다. 배달 양이 장난 아니야."

"그럼 여행 경비 많이 모았겠네?"

지민이의 질문에 이규빈은 문제없다는 듯 씩 웃었다. 그러더니 신이 나서 독일마을이니, 양떼 목장이니, 해상 케이블카니, 여수 밤바다니, 마구 늘어놓기 시작했다.

"그 많은 곳을 다 간다고?"

"1주일쯤 잡고 다녀올 거야. 태어나서 처음으로 혼자 떠나는 배낭여행이야. 생각만 해도 멋지지 않냐?"

이규빈이 잔뜩 들뜬 목소리로 말했다.

"멸치잡이 배에 끌려가지 말고 잘 돌아오기나 해."

그렇게 말하는 지민이나 멀뚱히 보고만 있는 나나, 사실은 이규빈이 부러웠다.

"그러지 말고, 우리도 뭐 하나 하자."

지민이가 나를 보며 불쑥 말을 꺼냈다.

"뭘?"

"우리한테도 뭔가 상을 줘야지. 이렇게 열심히 방학을 보냈는데."

"상을 준다고?"

"음…… 자기 자신에게 주는 상, '스스로상' 같은 거 말이야. 난 내가 무언가를 잘 해냈을 때마다 작은 상을 주거든."

지민이의 말을 듣고 보니 정말 그래야 할 것 같았다. 이번 방학처럼 나 자신이 뿌듯했던 적도 없었다. 상이 없어도 상관없지만, 상을 받는다면 더 기념이 될 것 같았다. 다른 사람이 아닌, 나 자신으로부터 상을 받는다는 것은 생소한 만큼 더 매력적이었다.

"어떤 상을 말하는 거야?"

내가 물었다.

"워터 파크라도 갈까?"

지민이가 말했다.

"워터 파크?"

친구들과 물놀이를 간 것은 초등학교 이후 한 번도 없었다.

"재밌을 거 같지 않아?"

지민이가 다그쳤다.

"너희 언제 갈 건데? 나도 같이 가자."

이규빈이 안달이 나서 말했다.

"이게, 엉큼하게 어딜 따라오려고."

지민이가 이규빈을 째려봤다.

"지금이 무슨 조선 시대냐? 그런 덴 여럿이 가야 재밌는 거야."

"그런가? 그럼 세영이 너 좋아하는 애도 데리고 가자."

지민이가 깔깔거리며 말했다.

나는 지민이에게 눈을 흘겼다.

"세영이를 좋아하는 애가 있어?"

이규빈이 눈이 휘둥그레져서 물었다.

"그러게 말이다. 나도 도통 믿기지 않는데, 그 남자애가 얘를 좋아하는 건 분명해. 매일같이 이온음료를 갖다 바치거든. 학원 앞 편의점 이온음료는 홍세영이 다 마시게 생겼다."

지민이가 나를 놀려댔다.

나는 눈을 흘겼다. 그런데 이상하게 웃음이 삐죽삐죽 새어 나왔다. 누군가가 나를 좋아한다는 사실이 기분 나쁘지 않았다. 처음 경험하는 일이었다. 나한테도 이런 일이 생긴다는 게 조금 설렜다.

"치, 이상한 놈 아니야? 어디서 만났는데?"

이규빈이 퉁명스럽게 말했다.

"학원에서 만났지 어디서 만났겠어. 근데 이상하다. 너도 세영이 좋아해? 홍세영 인기 짱인데."

지민이가 이번에는 이규빈을 놀렸다.

"오버 좀 하지 마. 누가 저렇게 얼굴만 하얀 애를 좋아한다고."

이규빈이 괜히 틱틱거렸다.

"누가 좋아해달래?"

톡 쏘면서 이규빈을 보는데, 뭔가 이상했다. 당황한 기색이 얼굴에 나타났다. 뭐지? 정말 나를 좋아하는 거야?

"그래서 워터 파크 갈 거야, 말 거야?"

지민이가 다그쳤다.

이규빈도 재촉하는 눈빛으로 내 대답을 기다렸다.

재밌을 것 같았다. 나도 가슴이 두근거리기 시작했다. 마음을 여는 순간, 기대감이 순식간에 차올랐다. 어쩌면 내가 상상하는 것보다 더 멋진 상이 될지도 몰라. 이번 여름방학을 정말 멋지게 마무리할 수 있는.

그때 휴대전화가 진동을 하면서 문자가 날아왔다. 열어보니 사진이었다.

눈처럼 하얀 접시 위에 티라미수 한 조각.

희수였다.

희수가 돌아왔다.

두번째 싸움

"언제 돌아온 거야?"

"1주일 전에."

희수가 빨대로 콜라를 쭉 빨아들이며 말했다.

그런데 왜 이제야 연락한 거냐고 물으려다가 그만두었다. 그건 내 진심이 아니었기 때문이다. 희수와 마주 앉아 있는 게 조금 어색했지만, 애써 아닌 척했다. 희수도 나도 우리가 싸웠다는 사실을 잊지 않았지만, 그런 적이 없는 사람들처럼 행동했다.

"잘 지냈어?"

내가 물었다.

"응."

대답은 그렇게 했지만 희수의 안색은 좋지 않았다. 창백하고 헬쑥했다. 어디 아팠었냐고 물으려다가 그만두었다. 정말로 아팠다고 하면 또 마음이 무거워질 것 같았기 때문이다.

"과학 특강 아직 하고 있어?"

"다음 주 수요일까지야."

"재미있어?"

"뭐, 그냥 입시 준비지."

나는 일부러 시큰둥하게 대답했다.

희수의 눈이 나를 관찰하고 있었다. 내가 희수를 관찰했던 것처럼. 나는 지민이와 이규빈과 함께 보낸 시간이 내 얼굴에 드러날까봐 걱정이 되었다. 김시현을 만났던 일도 희수에게 읽힐까 봐 움츠려졌다. 나는 성급히 화제를 돌렸다.

"디저트 레시피 만들겠다던 계획은 어떻게 됐어?"

"티라미수는 그럭저럭 성공해서 레시피에 넣으려고."

"그 사진? 대단하다. 정말 예쁘던데!"

"이번 방학 동안 다섯 가지 디저트를 만들 생각이었어. 그런데 단 하나밖에 완성하지 못했어."

희수의 얼굴이 어두워졌다.

나는 희수를 바라볼 수가 없어서 다급히 콜라가 든 유리잔을 들어 올렸다. 얼음이 녹아서 묽어져버린 콜라를 소리 나게 쭉 빨아들였다. 가슴속에 스무 개의 돌이 쌓여갔다. 희수를 혼자 내버려 두다니, 나는 나쁜 아이였다.

나는 그날 희수에게 더 친절하게 굴었다. 희수가 하는 말에는 생각도 해보지 않고, 물론 토도 달지 않고, 무조건 동의했다. 희수가 외갓집에서 있었던 일을 들려줄 때는 하품을 하지 않으려고 눈에 힘을 줘가며 들었다. 얼굴에 웃음을 머금는 것도 잊지 않았다. 마침내 희수의 얼굴이 다시 밝아졌을 때, 안도의 한숨을 내쉬었다.

회수를 데려다주고 돌아오는 길에 나는 몹시 지쳐 있었다. 하지만 이제는 냉장고에 붙어 있는 아줌마의 얼굴을 바라볼 용기가 날 것 같았다.

✤

"어디 간다고?"

"희수네 집에 간다니깐."

성급히 나오다 나는 레시피가 적혀 있는 노트를 떨어뜨렸다. 노트가 펼쳐지면서 그 안에 있던 사진이며 글씨가 드러났다.

"그걸 또 시작하는 거니?"

엄마의 말투에 짜증이 잔뜩 묻어 있었다.

"알고 있었어?"

나는 의아한 얼굴로 엄마를 바라보았다. 엄마가 레시피에 대해 알고 있을 줄은 몰랐다.

"그럼 모를 줄 알았니?"

엄마의 목소리에 날이 서 있었다.

나는 시선을 돌렸다. 노트를 챙겨 들고 신발을 신었다. 문을 열고 나가려는 순간, 엄마의 날 선 목소리가 등 뒤에서 날아왔다.

"걔는 왜 너를 내버려 두지 않는다니? 이젠 좀 놔줄 때도 됐건 만."

나는 문을 쾅 닫고 나와버렸다.

방학 동안 회복의 기미가 보였던 엄마와 나의 관계는 다시 허물어졌다. 엄마가 선을 넘었기 때문이다. 희수를 건드려서는 안 되는 거였다. 특히 엄마는.

과학 특강이 끝나면서 나는 김시현을 다시 만나지 않았다. 김시현과 카페 망고에 세 번 더 갔다. 희수가 돌아오기 전이었다. 우리는 조금 진지한 이야기를 나눴다. 이상하게 김시현과 함께 있으면 그런 대화가 나왔다. 그리고 나는 그 시간이 편안하게 느껴졌다.

김시현과 있을 때, 나는 희수가 아닌 내 이야기를 했다. 내가 듣는 노래, 내가 읽고 있는 책, 내가 좋아하는 이런저런 것들. 이상했다. 나에 대해 그렇게 할 말이 많을 거라고는 상상도 하지 못했었다. 김시현이 먼저 자기 이야기를 꺼냈고 내가 공감하는 내용이 많아서, 어느새 내 이야기로 흘러갔던 것 같다.

우리는 함께 자전거를 타기도 했다. 김시현이 앞서갈 때도 있고 내가 앞서갈 때도 있었다. 가까운 곳으로만 돈 적도 있고 제법 먼 곳까지 돌아온 적도 있었다. 언제나 도착 지점은 카페 망고였다. 창가에 자리를 잡고 앉아 망고빙수를 먹고 있으면 노곤하게, 기분 좋은 피로가 밀려왔다. 마치 궤도를 그리고 온 듯한 기분이 들었다. 멀리 혹은 가깝게. 크게 혹은 작게. 나는 그 아련한 느낌이 마음에 들었다.

나는 우리가 방금 전에 지나온 궤도를 머릿속으로 떠올려보곤 했다. 우리 옆으로 지나가던 차들의 소리, 서늘한 바람의 느낌, 머리 위를 내리쬐던 강렬한 햇빛, 그리고 목적지를 향해 분주히 걸어가던 사람들을 떠올렸다.

이따금 나는 김시현이 여행의 동반자처럼 느껴졌다. 세상은 분주하고 낯설었지만 김시현이 옆에 있었고, 또 카페 망고가 있었다. 그래서인지 자전거를 타는 동안 한 번도 외롭지 않았다. 카페 망고에서는 가쁜 숨을 고를 수 있었다. 망고빙수를 먹고 나면 다시 세상으로 나갈 용기가 생기는 것만 같았다.

하지만 희수가 돌아온 이후로는 모든 것이 멈췄다. 지민이와 이규빈과의 공부도 끝났고, 워터 파크에도 가지 않았다. 김시현과 자전거를 타는 일도, 카페 망고에 가는 일도 없었다. 희수에게 없는 것을 나 혼자만 가질 수는 없었다. 그 불편한 마음의 무게를 견딜 수가 없었다.

생활은 다시 예전으로 돌아갔다. 여름방학이 없었던 것처럼. 마치 이상한 꿈을 꾸고 난 것처럼.

때때로 나는 어느 것이 현실이고 어느 것이 비현실인지 혼동되었다. 어느 때의 내가 진짜 나 자신이고 어느 때의 내가 가짜인지 알 수 없었다. 두 쪽 모두 나 자신이라고 말하기에는 서로 너무 달랐다. 감정도, 생각도, 느낌도, 행동도 모두 달랐다.

하지만 한 가지는 확실했다. 내 안에 공존하는 모든 감정 중에서 가장 무겁고 견디기 힘든 것은 죄책감이었다. 나는 그것만은

피하고 싶었다. 그래서 나는 희수와의 시간을 현실로 받아들여야
했다.

나는 다시 주말마다 희수와 함께 레시피를 만들었다. 주중에는
무엇을, 어떻게 만들지에 대해 상의하거나 재료를 구하기 위해 마
트를 돌아다녔다. 우리는 피칸 파이를 어렵게 완성했다. 첫 주에
는 너무 묽게 나와서 버려야 했다. 물론 할머니는 자신의 접시에
놓인 케이크를 끝까지 먹었다. 할머니는 언제나 그랬다. 희수에
대한 애정을 보여줄 수 있는 유일한 방법이라도 된다는 듯이.

실패를 보안하기 위해 우리는 머리를 맞댔다. 두번째 주에는 드
디어 성공할 수 있었다. 희수는 활짝 웃었다. 나도 활짝 웃었다.
냉장고에 붙어 있는 아줌마 사진도 활짝 웃고 있었다.

하지만 집으로 돌아오는 길에 나는 지쳐 있었다. 여전히 가슴은
답답했다. 길을 잃은 듯한 기분이 들었다.

※

"홍세영!"

급식 시간에 희수와 함께 점심을 먹고 있는데 지민이가 다가왔다.

나는 들고 있던 숟가락을 떨어뜨릴 만큼 당황했다.

"한참 찾았네. 왜 이렇게 먼 곳에 자리를 잡았어?"

"어…… 그냥…… 여기가 편해서……"

나는 옆에 앉은 희수를 의식하며 얼버무렸다.

"누구?"

희수가 하얗게 질린 얼굴로 물었다.

"어…… 우리 반…… 내 뒤에 앉은……"

나는 말을 더듬어가며 희수에게 설명할 말을 찾아 헤맸다.

"어, 친구가 있었네! 왕따인 줄 알았더니……"

지민이가 호탕하게 웃으며 말했다.

나는 얼굴이 시뻘겋게 달아올랐다. 마치 두 사람 모두에게 거짓말을 하다가 들킨 것처럼.

"내 이름은 임지민이야."

지민이가 맞은편 자리에 앉으며 말했다.

"나는…… 희수…… 김희수."

희수가 나직한 목소리로 중얼거렸다. 희수의 얼굴에 경계심이 역력했다. 숟가락을 든 희수의 손이 미세하게 떨렸다. 나도 덩달아 입이 말랐다. 지민이만 얼굴 가득 호탕한 웃음을 머금고 있었다.

"세영아, 규빈이 얘기 못 들었지? 걔 남해 여행 가서 소매치기당했잖아. 게스트 하우스에서 같은 방을 썼던 놈이 지갑을 통째 들고 날랐대. 어쩜 그렇게 못된 놈이 다 있냐? 걔가 여름 내내 알바해서 모은 돈이잖아. 너네 집에서 공부할 때마다 걔 꾸벅꾸벅 졸던 거 기억나지? 그런 돈을 어떻게…… 그나저나 정말 워터 파크엔 안 갈 거야? 여름도 다 지나갔으니 차라리 놀이공원에 갈까? 이번 주말에 가는 거 어때?"

내가 말릴 새도 없이 지민이는 이야기를 풀어놓았다. 지민이는 희수의 표정이 어두워지는 것도, 내가 당황하는 것도 눈치채지 못했다.

"나 먼저 일어날게."

희수가 식판을 들고 자리에서 벌떡 일어섰다.

희수는 달아나듯 빠른 걸음으로 멀어져갔다. 금방이라도 넘어질 것처럼 뒷모습이 아슬아슬해 보였다.

"내가 무슨 실수한 거야?"

웃고 있던 지민이의 얼굴이 한순간에 굳어졌다.

"저 애한테도 놀이공원에 같이 가자고 말하려고 했는데……"

지민이가 억울한 표정으로 말했다.

"지민아, 미안. 내가 나중에 설명할게."

나는 희수의 뒤를 따라 뛰어갔다. 식판에 남아 있던 국이 출렁거리며 바닥으로 흘렀다. 나는 더 이상 뛸 수도 없었다.

"희수야, 같이 가."

나는 절박한 목소리로 희수를 불렀지만, 희수는 어느새 사라져버린 뒤였다.

쉬는 시간에도 희수는 자리에 없었다. 매시간 종이 울리자마자 희수네 반에 달려갔지만 매번 마찬가지였다. 운이 없게도 담임의 종례마저 길었다. 발을 동동 구르다 간신히 희수네 반으로 찾아갔을 때, 이미 희수는 사라진 뒤였다.

희수의 휴대전화는 응답하지 않았다. 전화도 받지 않고 문자 메시지도 읽지 않았다. 나는 무거운 발걸음으로 희수네 집으로 향했다. 머릿속에서 목소리들이 쉴 새 없이 달려들었다. 나를 다그치는 소리였다. 아주 오래전부터 나를 따라다니던 소리였다.

빨리 달려가서 희수에게 사과를 하는 거야. 희수의 마음을 위로해줘야 해. 그리고 안심시켜줘야 해. 희수가 또다시 잘못된다면 그건 내 책임이야. 내 잘못이라고. 나는 이기적인 아이야. 나만 행복하자고 희수를 버렸어. 나 외에는 아무 친구도 없는 희수를 놔두고……

하지만 이상하게 걸음이 빨라지지 않았다. 점점 다리에 힘이 풀렸다. 마침내 나는 걸음을 멈췄다. 또 다른 목소리가 튀어나왔다. 가슴속 깊은 곳에서 터져 나온 절규 같았다.

어떻게 안심을 시켜줘야 하는 거지? 내가 무엇을 약속해줘야 하는 거지? 지민이와 규빈이와 다시는 어울리지 않겠다고 말해야 하는 거야? 김시현을 만났던 일을 영원히 입 밖에 내지 않겠다고 해야 하는 거야?

하지만 이번에도 희수가 이겼다. 나는 희수네 집을 향해 다시 걷기 시작했다. 나쁜 아이가 되는 데도 용기가 필요했다. 나에겐 그런 용기가 없었다.
나는 희수네 집 벨을 눌렀다.

"쟤가 왜 또 저러냐?"

할머니가 문을 열어주며 물었다.

할머니의 메마른 입가에 주름이 유독 깊어 보였다. 할머니에게 인사를 하고 나는 곧장 안방으로 향했다. 아줌마의 침대에서 희수가 이불을 머리끝까지 뒤집어쓰고 숨어 있었다. 희수는 내가 아니라 세상으로부터 숨어버렸다는 것을 알고 있었다. 어쩌면 희수는 다시 어린아이로 돌아가버릴지도 몰랐다.

"희수야."

"……"

"희수야, 자는 거야?"

"……"

"희수야, 일어나서 내 말 좀 들어봐."

나는 쩔쩔매며 애원했다.

그때 희수가 갑자기 이불을 젖히고 벌떡 일어나 앉았다.

"무슨 말? 무슨 말을 들으라는 거야?"

희수가 표독스럽게 나를 노려보았다. 내가 생각하던 여리고 나약한 희수가 아니었다.

"무슨 말을 들으라는 거냐고!"

희수가 날카롭게 소리를 질렀다.

"저…… 그게…… 저……"

나는 너무 당황해서 무슨 말을 해야 할지, 말문이 막혀버렸다.

"아까 그 애가 네 새로운 친구니? 그 애가 한 말 다 알아들었어.

여름방학 내내 그 애랑 또 다른 애랑 어울려서 신나게 지냈다는 거 잖아."

이번에는 비아냥거리며 말했다.

나는 여전히 아무 대꾸도 하지 못했다. 나를 노려보던 희수가 다시 입을 열었다.

"제일 나쁜 게 뭔지 알아? 그사이 너는 나한테 한 번도 연락하지 않았다는 거야. 문자 하나, 전화 한 통 없었지. 넌 내가 연락하지 않았다면 끝까지 연락을 안 했을 거잖아!"

화가 난 희수가 씩씩거렸다. 희수의 거친 숨소리가 공기 중에 쩌렁쩌렁 울리는 것만 같았다.

사과를 해야 하는 거겠지? 희수의 화가 풀릴 때까지 미안하다고 해야겠지? 희수가 울음을 터뜨리면 꼭 안아줘야 하는 거겠지? 그리고 약속해야 하는 거겠지? 다시는 네가 배신감을 느끼게 하지 않겠다고……

하지만 내 입에서는 다른 말이 튀어나왔다.

"왜 그러면 안 되는 건데?"

"뭐?"

희수가 어이없다는 표정을 지었다.

"왜 네가 먼저 연락하면 안 되는 건데?"

나는 낮은 어조로 중얼거리듯 계속 말을 했다.

"왜 나는 그 애들하고 어울리면 안 되는 건데?"

"······"

"왜 나는 현실을 살면 안 되는 건데?"

내 목소리가 점점 높아졌다.

"왜 나는…… 왜 나는…… 그 지긋지긋한 레시피를 계속 만들고 있어야 하는 건데!"

결국 나는 결코 해서는 안 되는 말까지 내뱉고 말았다. 내가 망쳐버렸다. 내가 모든 것을 망쳐버렸다. 스무 개, 아니 서른 개의 돌들이 가슴속에 마구 떨어졌다.

나는 희수와 눈을 맞출 수가 없었다. 잔뜩 화가 난 얼굴로 쿵쿵 걸어서 문을 열고 나와버렸다. 할머니의 시선을 느꼈지만 인사도 하지 않았다.

나는 집을 향해 달리기 시작했다. 눈물이 흘러내렸다. 차라리 희수네 집으로 가지 않았으면 좋았을걸. 그랬다면 이렇게까지 망치지는 않았을 텐데.

🦋

집에 돌아오니 웬일로 엄마가 일찍 퇴근해 있었다.

"왜 벌써 왔어?"

나는 퉁명스럽게 물었다.

"회사에 문제가 생겼어. 쉽게 해결될 일도 아니라서 머리 좀 식히려고 일찍 들어왔지. 근데 넌 얼굴이 왜 그래?"

나는 엄마의 말을 듣는 둥 마는 둥 하고 내 방으로 들어와버렸다. 외투를 벗어 던지고 침대에 뛰어들었다. 베개에 얼굴을 파묻고 나는 또 울음을 터뜨렸다. 엄마가 내 방으로 들어왔다. 문을 잠갔어야 했는데, 이미 늦어버렸다.

"무슨 일이야?"

"……"

"희수랑 무슨 일 있었니?"

나는 여전히 얼굴을 베개에 파묻은 채 아무 대답도 하지 않았다.

"언젠가는 터질 일이었어."

엄마가 말했다. 엄마가 뭘 안다고.

"오히려 잘된 일이야."

잘된 일이라고? 그걸 말이라고 해?

"너는 한 번도 자신의 행동을 돌아보지 않았어. 이제라도 멈춰서서 점검해야 해. 과연 네 행동이 옳았을까?"

하필이면 이럴 때 그런 말을 하다니, 잔인한 엄마다운 태도였다.

"그럼 내가 잘못했다는 거야?"

나는 벌떡 일어나 대들었다.

"좋아, 내가 완벽하지 않았다는 것은 인정해. 하지만 애를 썼다고! 나 자신을 죽이면서 애를 썼다고! 죽을 만큼 힘들었다고!"

나는 고래고래 소리를 질렀다.

엄마는 냉정하고 침착한 얼굴로 나를 바라보고 있었다.

"네가 더 희생해야 했다는 말을 하려는 게 아니야. 어떻게 너한테 그런 요구를 할 수 있겠니? 하지만 네가 희수를 대하는 방식이 옳았을까?"

"그럼 어떻게 해? 희수를 뒤에 남겨놓는 기분이 어떤 건지 엄마가 알아? 죄책감이 뭔지 엄마가 알기나 하냐고!"

"그거였어?"

엄마가 황당하다는 표정을 지었다.

"뭐가?"

나는 엄마를 노려보며 물었다.

"죄책감."

"그게 뭐?"

"너를 움직인 게 죄책감이었어?"

엄마가 추궁하듯 물었다.

나는 대답하지 않았다. 여전히 엄마를 노려보고 있었지만.

"왜? 네가 왜?"

엄마가 정말 이해되지 않는다는 표정을 지었다. 엄마 같은 사람한테서 나올 만한 반응이었다. 엄마처럼 뻔뻔한 사람이라면, 엄마처럼 자신밖에 모르는 사람이라면, 엄마처럼 이기적인 사람이라면, 그런 말을 할 수 있었다. 나는 이제 엄마를 바라보지 않았다. 엄마에게서 등을 돌렸다.

"너는 네가 질 수 없는 짐을 지려고 한 거야. 그건 너에게 너무 버겁고 가혹해. 그리고 희수에게도 좋지 않아. 네가 그러면 그럴

수록 희수는 더 성장하려고 하지 않을 거야."

"……"

"넌 희수가 스스로 서도록 도운 게 아니라 너를 의지하도록 만들었어."

"……"

"결국 희수도 스스로 일어서야 해. 두 발로 스스로 버티고 서는 법을 배워야 해. 누구도 다른 사람의 삶을 대신 살아줄 수 없어."

"됐어요!"

나는 벌떡 일어나 엄마를 노려보며 소리쳤다.

"누가 엄마 의견 듣고 싶다고 했어? 차라리 위로나 해주지 그래? 다른 엄마들이라면 이럴 때 위로를 했을 거라구."

나는 외투를 들고 뛰쳐나갔다.

얼굴 위로 뜨거운 눈물이 계속 흘러내렸다. 화가 났다. 인간미라고는 조금도 없는 엄마. 잔인한 여자 같으니라고. 그래서 나는 엄마를 닮고 싶지 않았다.

희수를 짐이라고 하다니…… 어떻게 희수를 짐이라고 할 수가 있어?

내가 그동안 해온 일이 희수의 성장을 방해했다고?

나는 엉엉 울면서 거리를 달렸다. 지나가는 사람들이 나를 힐긋거렸다. 나는 안간힘을 다해서 더 빨리 달렸다.

어느 순간, 나는 걷고 있었다. 더 이상 눈물도 흐르지 않았다.

어쩌면 엄마 말이 맞을지도 몰라.

걸음은 점점 더 느려졌다. 나는 거의 다리를 끌다시피 했다.

이번에는 엄마 말이 맞았으면…… 누군가가 내 등에서 짐을 내려주었으면……

언젠가부터 나는 자책과 원망의 사이클을 반복하고 있었다. 자책을 하면 마음이 무거웠다. 숨을 쉴 수 없을 것 같은 답답함이 가슴을 짓눌렀다. 나는 희수를 혼자 남겨두었다는 자책을 피하려다 지쳤고, 진력이 났고, 어느 순간 희수를 미워하게 되었다. 사랑은 없어지고 원망만 남았다.

나는 나쁜 아이가 되어버렸다.
그리고 희수는 짐이 되었다.

죄책감을 없애기 위해서 행동했던 것이 옳았을까? 그게 정말 희수를 위한 것이었을까? 나는 고개를 저었다. 이미 그것 또한 정답이 아니라는 걸 알고 있었다. 어쩌면 나는 내 마음이 불편해지는 걸 견딜 수 없었던 것인지도 모른다.

무작정 걷다가 걸음을 멈춘 곳은 카페 망고 앞이었다.

마지막으로 이곳에 온 이후 벌써 3주가 흘렀다. 잠시 망설이다가 문을 열고 들어갔다. 나무 문이 다시 삐걱 소리를 냈다. 카페 안은 여전히 한산했다. 요즘 인기 있는 노래가 아닌, 낯설고 오래된 노래가 들려왔다. 그래서 그런지 이곳에서는 시간이 더디게 흐르는 것만 같았다. 세상의 속도를 놓친 사람들에게는 더 없이 좋은 곳.

나는 늘 앉았던 창가에 자리를 잡았다.

"오랜만에 왔구나. 잘 지냈니?"

털보 아저씨가 다가와 인사를 건넸다. 언제나처럼 푸근한 모습이었다.

나는 꾸벅 인사를 했다.

"아보카도 넣고 만든 샌드위치가 있는데 좀 먹어볼래?"

나는 고개를 끄덕였다. 갑자기 허기가 몰려왔다.

"음료는 망고주스로 하자꾸나. 두 가지가 은근히 잘 어울린단다."

나는 이번에도 고개를 끄덕였다.

"요즘 시현이는 어떻게 지내냐?"

샌드위치와 망고주스를 들고 오며 털보 아저씨가 물었다.

"저도 요즘 못 만났어요."

"그래? 무척 잘 맞아 보였는데…… 혹시 싸운 거니?"

"그런 건 아니지만……"

"좋은 아이란다. 어려운 일이 있었지만, 잘 견뎌냈지. 그 녀석이

요즘 애를 쓰고 있단다. 얼마나 기특한지……"

나는 망고주스를 한 모금 마셨다. 달고 새콤한 맛이 입안 가득 퍼졌다.

"맛이 괜찮지?"

"네, 맛있어요."

"샌드위치도 먹어보렴."

아저씨는 내가 샌드위치를 한입 베어 무는 것을 보고 미소를 지으며 자리에서 일어났다.

카페 문이 열리고 손님들이 들어왔다. 젊은 엄마 아빠와 어린 두 딸이었다. 엄마 손을 잡고 걸어오던 네 살쯤 되어 보이는 큰아이는 가게로 들어서면서 엄마 손을 뿌리치고 팔짝팔짝 뛰어다녔다. 이제 막 걸음마를 시작한 것 같은 작은아이는 덩달아 흥분해서 자기도 유모차 밖으로 내려달라고 소리를 질렀다.

털보 아저씨가 다가가 아이들과 인사했다. 아저씨는 아이들이 예뻐 죽겠다는 듯 터질 듯한 미소를 지으며 바라보았다. 젊은 엄마 아빠가 주문을 하고, 아저씨는 다시 주방으로 사라졌다.

잠시 후 털보 아저씨가 샛노란 망고 아이스크림을 들고 다시 나타났다. 큰아이가 환호성을 지르며 아이스크림을 떠먹기 시작했다. 작은아이가 아이스크림을 탐내더니 그릇에 손가락을 담갔다. 큰아이가 아이스크림을 지키려고 돌아앉았다. 이번에는 작은아이가 큰아이의 머리카락을 잡아당겼다.

"야, 뭐야! 난 장난감 아니야. 난 연서야, 연서라구."

큰아이가 작은아이에게 소리를 질렀다.

젊은 엄마와 아빠가 까르르 웃음을 터뜨렸다. 소박한 행복이 묻어나는 웃음이었다. 문득 나는 저 어린아이들이 부러웠다.

휴대전화가 진동했다. 희수였다. 나는 받지 않았다. 휴대전화는 계속 진동했다. 끊어졌다가 다시 진동이 이어졌다.

나는 카페를 나왔다. 전화를 받았지만 아무 말도 하지 않았다. 침묵을 깨고 희수가 말했다.

"세영아, 나 아파."

"그래서 뭘 어쩌라고."

"나 아프다고."

"그래서 나보고 뭘 어쩌라고!"

나는 버럭 소리를 질렀다.

"세영아…… 나…… 아파."

희수는 내가 말을 못 들었다는 듯이 작고 나직한 목소리로 다시 말했다.

나는 전화를 끊어버렸다. 진절머리가 났다. 희수의 어리광 따위는 다시 듣고 싶지 않았다. 나는 성난 사람처럼 성큼성큼 걸었다. 어둠이 내리고 있었다. 주위는 푸른 회색으로 변해갔다. 차가운 바람이 목덜미를 훑고 지나갔다.

김시현이 앓았다던 병이 이인증이라고 했던가? 갑자기 주변이 낯설게 느껴졌다. 시간도 공간도 나 자신도 낯설게 느껴졌다. 나는 낯선 거리를 계속해서 걸었다.

정말 아픈 거면 어떻게 하지?

낯설지 않은 염려가 머릿속을 스쳤지만, 이내 털어버렸다.

그 밤의 일

🦋

집에 도착했을 때는 이미 어둠이 짙게 내린 뒤였다. 문을 열고 들어가자 현관 위 센서 등이 희뿌연 빛을 쏟아냈다. 얼마 뒤 잠시 물러갔던 어둠이 다시 온 집 안을 잠식했다.

엄마는 집에 없는 모양이었다. 엄마와 부딪히지 않아도 된다는 사실에 안도하면서도, 허전한 기분이 들었다. 엄마에게 위로를 바라는 것도 아니면서. 엄마가 그럴 수 있는 사람이 아니라는 것도 이미 잘 알면서. 나는 어딘가에 기대고 싶었다.

열다섯 살 겨울이었을 것이다. 나는 엄마와 한바탕 싸우고 집을 나왔다. 엄마가 미워서 죽을 것 같았다. 나는 화가 나서 씩씩거리며 거리를 돌아다녔다. 너무 추워서 귓불이 터져버릴 것만 같았다. 발가락도 다 떨어져 나갈 것처럼 시렸다. 나는 갈 곳이 없었다, 희수네 집 말고는.

아줌마가 문을 열어주었다. 새빨개진 얼굴로 덜덜 떨고 있는 나를, 아줌마는 아무 말도 없이 꼭 안았다. 내 어깨를 두 손으로 꼭 잡고는 집 안으로 끌어 들였다. 아줌마는 빨간색 체크무늬 담요를 가져다가 내 몸을 꽁꽁 싸고, 히터의 온도를 올렸다.

"낙지볶음 좋아해?"

나는 한 번도 낙지를 먹어본 적이 없었지만, 고개를 끄덕였다.

"우리 낙지볶음 해먹자. 고춧가루랑 고추장이랑 팍팍 넣고 매콤하게!"

나는 미소를 지으며 다시 고개를 끄덕였다.

아줌마가 요리를 시작했다. 탁탁탁탁. 도마에 칼 부딪는 소리. 쏼쏼. 물이 흘러내리는 소리. 보글보글. 음식이 맛있게 익는 소리. 나는 아줌마가 마법을 부리는 소리를 듣다가 불현듯 깨달았다. 이곳에 아줌마와 나밖에 없다는 것을.

"희수는요? 희수는 어디 갔어요?"

바쁘게 움직이던 아줌마의 손이 잠시 멈췄다. 아줌마가 뒤로 돌아서 나를 보며 씩 웃었다.

"희수는 아빠와 스케이트 타러 갔어."

아줌마는 왜 같이 안 갔느냐고 물으려다, 나는 이따금 들렸던 아줌마의 콜록콜록 기침하는 소리를 기억해냈다. 아줌마의 눈이 붉게 충혈된 것도. 아줌마가 아프구나.

"오늘은 우리 둘만의 식사를 하자."

아줌마의 목소리가 유달리 따뜻하게 들렸다. 미안하던 마음이 물러가고 그 자리에 행복이 들어찼다.

낙지볶음은 아주 매웠다. 우리는 혓바닥을 내민 채 달아오른 열기를 식혀가며, 물을 벌컥벌컥 마셔가며 열심히 먹었다. 먹다가 울다가 웃다가, 먹다가 울다가 웃었다.

나는 그 순간 엄마에게 화났던 일을 잊었다. 지금도 내가 왜 엄마와 싸웠던 건지 생각나지 않는다.

나는 그 순간 희수도 잊었다. 나는 희수에게 그날 일을 말하지 않았다. 희수가 내게 묻지 않은 것을 보면 아줌마도 말하지 않은 것 같았다.

그날의 비밀스러운 식사가 무슨 의미였는지 나는 모른다. 단지, 내게 무슨 일인가가 일어났다는 것, 화학반응 같은 것이 뇌에서든 가슴에서든 일어났다는 것, 그리고 그것은 아무 때나 흔히 일어날 수 있는 일이 아닌, 특별한 경험이라는 것을 알 뿐이다.

휴대전화가 다시 진동했다. 희수였다면, 이번에는 받았을지도 모른다. 그런데 희수가 아니었다. 엄마였다.

"집에 있니?"

"응."

"여기 병원인데……"

"왜? 엄마 아파?"

"아니…… 희수가 아파."

희수가? 희수가 정말 아파? 갑자기 머릿속이 하얗게 변했다. 둔

탁한 무언가가 뒤통수를 한 대 때린 것만 같았다.

"급성 맹장염이래. 수술 들어갈 거야."

"어느 병원인데?"

"……"

"어느 병원이냐고!"

"오지 마."

엄마가 차분하고 냉정한 목소리로 말했다.

"넌 오지 마."

"그걸 지금 말이라고 해?"

"네가 날 믿지 않는다는 건 알지만, 이번 한 번만 엄마를 믿고 오지 마."

"……"

"내일 아침 일찍 희수 이모가 오실 거야. 그동안은 내가 희수 옆에 있을게."

엄마가? 엄마가 희수 옆에 있겠다고? 다시 또 뒤통수를 얻어맞았다.

잠시 침묵이 흘렀다. 창밖은 깊은 밤이었다. 수많은 불빛이 어둠 속에서 명멸했지만, 나는 밖으로 나갈 엄두가 나지 않았다. 온몸의 힘이 다 빠져나간 것처럼 지쳐 있었다.

어쩌면 엄마 말이 맞을지도 모른다. 어쩌면 나는 희수에게 좋은 친구가 아니었는지도 모른다.

"희수가 엄마한테 부탁했어? 병원에 데려다 달라고?"

"응. 희수가 집으로 전화했어. 네가 전화를 안 받으니까 그랬나 봐."

"그럼…… 엄마가 희수 옆에 있어줘."

"그래. 잘 생각했어."

전화를 끊고 난 뒤 나는 침대에 쓰러져 잠이 들었다. 아침이 될 때까지 한 번도 깨지 않았다. 악몽은 물론이고 어떤 꿈도 꾸지 않았다.

엄마가 현관문을 열고 들어오는 소리에 눈을 떴다. 엄마는 분주하게 출근 준비를 했다. 엄마의 얼굴이 푸석해 보였다.

"희수 수술 잘됐고, 이모도 오셨어. 걱정하지 않아도 돼."

엄마가 화장을 하면서 말했다.

나는 고개를 끄덕였다. 고맙다고 말하고 싶었지만, 어색해서 하지 못했다.

"커피 줘?"

나는 엄마를 보지 않은 채 물었다.

"고맙지만, 괜찮아. 회사 가서 마실게."

곁눈으로 힐긋 보니, 엄마의 입꼬리가 살짝 올라가 있었다.

학교가 파한 후, 엄마가 알려준 병원으로 갔다. 버스나 지하철로는 한 번에 갈 수 없어서 택시를 잡아탔다. 혼자서 택시를 탄 것은 처음이라 기분이 이상했다.

2인용 병실 입구에 희수 외에 다른 환자의 이름은 없었다. 문을 열기 전, 심호흡을 했다. 희수를 만날 용기가 나지 않았다. 또다시 여러 가지 감정들이 머릿속에 얽혀 있었다.

드르륵 소리가 나며, 병실 문이 열렸다. 밖으로 나오던 희수 이모가 나를 보더니 깜짝 놀랐다.

"네가 세영이구나?"

이모가 물었다.

나는 목례를 했다.

"많이 컸네. 누군지 말해주지 않으면 못 알아보겠다."

"저를 아세요?"

"장례식장에서 봤잖아. 매일같이 와서는 희수는 안 오느냐고 물었잖아. 토끼처럼 빨간 눈을 하고서는."

"아……"

나는 부끄러워서 고개를 푹 떨어뜨렸다.

"희수는요?"

그제야 이모는 옆으로 비켜서서 문을 열었다.

"자고 있어. 들어가 볼래?"

문틈으로 창가 침대에 누워 있는 희수가 보였다.

"희수 괜찮아요?"

"물론이지. 맹장은 간단한 수술이야. 걱정할 것 없어."

"그럼 저는 그냥 갈래요."

"희수 안 만나고?"

"네."

"하긴, 희수가 방금 잠들어서 언제 깨어날지 몰라. 자판기에서 음료수나 하나씩 빼 먹을까?"

이모가 병실 문을 조용히 닫고 앞장서서 걸었다.

"뭐 마실래?"

"이온음료요."

"희수는 핫초코만 마시는데…… 그러고 보니 취향도 다르네. 너는 온통 블랙 앤드 화이트네. 희수는 아직도 파스텔이잖아."

이모는 이온음료 하나와 핫초코 하나를 뽑았다.

"오늘은 나도 핫초코. 달달한 게 필요해서."

이모와 나는 복도 한쪽에 놓인 장의자에 앉았다.

"어머니 덕분에 한시름 놓았어. 조금만 더 늦었으면 맹장이 터져버렸을 텐데…… 어머니 많이 피곤해하시지? 잠도 잘 못 주무셨을 텐데…… 어젯밤에 내가 택시라도 타고 오려고 했더니, 그럴 거 없다고 극구 말리시는 거야. 우리 언니한테 갚아야 할 빚이 있다고 하시면서."

엄마가? 그런 말을 한 사람이 우리 엄마라고?

126

"그러고 보니 넌 엄마 닮았구나?"

"엄마를요?"

"뭐 그렇게 놀라니? 딸이 엄마 닮는 게 당연하지."

이전 같으면 끔찍했을 그 말이 이상하게 싫지 않았다. 잠시 엄마가 다른 사람이 되어버린 것만 같았다. 나에게도 다른 사람들에게도.

"퇴원하면 희수는 외갓집에서 며칠 지낼 거야. 담임 선생님에게도 연락드렸어."

엘리베이터 앞에서 이모가 말했다.

"네……"

"그러니까 너는 걱정하지 말라고. 어른들이 다 알아서 희수 챙길 테니까."

"네?"

"너도 네 생활이 있잖아."

"엄마가 무슨 말 했어요?"

"어머니가? 아니, 왜?"

"그런데 왜……"

"뭐가 왜야, 당연한 거지. 여긴 너무 멀잖니, 또 오기엔."

이모가 대수롭지 않다는 듯 말했다.

엘리베이터 문이 열리자, 이모는 나를 밀어 넣고 손을 흔들었다.

병원 문을 나서기 전, 아빠에게 전화를 걸었다. 아빠는 벨이 여러 번 울린 뒤에야 전화를 받았다.

"여기 아빠 회사 근처에 있는 병원인데, 나 좀 데리러 올 수 있어?"

이런 부탁을 하긴 처음이라, 아빠는 좀 어리둥절해했지만 거절하지는 않았다.

아빠가 도착할 때까지 병원 1층에 있는 카페에서 기다렸다. 날씨가 흐리더니 부슬부슬 비가 내리기 시작했다. 나는 카페라테를 마시려다 핫초코를 주문했다.

아빠는 금방 오지 않았다. 30분이 지나도 도착했다는 메시지가 없었다. 핫초코는 다디달았다. 나는 조금씩 조금씩 마치 음미하듯 마셨다. 그러자 희수를 만나지 못했지만 희수를 만나고 있는 것 같은 기분이 들었다. 병원이라는 낯선 공간 때문일까? 잘 알고 있다고 생각했던 핫초코의 맛이 조금 낯설게 느껴졌다.

창밖으로 택시들이 줄줄이 들어왔다가 다시 줄줄이 나가는 것이 보였다. 차라리 택시를 타고 가버릴 걸 그랬나? 망설이는 사이 아빠의 메시지가 도착했다. 시간을 보니 45분이 지나 있었다.

"병원에는 무슨 일이야?"

차에 타자마자 아빠가 물었다.

"희수가 아파서."

"희수?"

아빠가 되물었다.

나는 대답하지 않았다.

"아…… 그 부모가 모두 사고를 당했다는 애?"

아빠가 또 물었다.

나는 또 대답하지 않았다. 짜증이 났다. 오래 기다려서가 아니었다. 그런 얘기를 그렇게 쉽게, 아무렇지도 않게 말하는 사람이 우리 아빠라는 사실에 짜증이 났다. 나는 라디오 볼륨을 높였다.

"걘 요즘 누구랑 사냐?"

새삼스럽게 궁금해지기라도 한 듯 아빠가 물었다.

나는 이번에도 대답하지 않았다. 아빠는 더 이상 아무 말도 하지 않았다. 차가 많이 막혔다.

"근데 아빠는 왜 엄마랑 여태껏 같이 살고 있어?"

라디오 음악도 지루하고 차도 막히고 해서 나는 아빠에게 물었다.

"뭐?"

아빠가 라디오 볼륨을 줄였다. 제대로 들었으면서 잘못 알아들은 체하는 것 같았다.

"왜 이혼 안 하냐고? ……서로 사랑하지도 않잖아?"

나는 굳이 풀어서 말해주었다.

"사랑하지 않으면 다 이혼하냐?"

아빠가 시큰둥하게 말했다.

"그리고 누가 사랑하지 않는대? 엄마가 그래?"

천천히 기어서 차가 1미터쯤 갔을 때, 아빠가 대뜸 말했다. 억울하다는 듯이.

"그럼 설마…… 둘이 사랑한다는 말이야?"

나는 기가 막히다는 표정으로 물었다. 아빠하고 나 사이에 '사랑'이라는 낯간지러운 단어를 말하다니, 참 우습다고 생각하면서.

"야, 부부 사이의 일을 네가 뭘 안다고 그래?"

아빠가 퉁명스러운 말투로 내뱉었다.

"치……"

나는 콧방귀를 뀌며 고개를 돌렸다.

"사랑은 관심이야, 관심. 함께 보내는 시간이라고. 우리 가족한테 그런 게 있기나 해?"

내 입에서 예기치 못한 말들이 쏟아져 나왔다. 마치 이 순간을 기다리고 있었다는 듯이.

이번에는 아빠가 대답하지 않았다. 아빠의 표정이 궁금했지만, 나는 꾹 참고 돌아보지 않았다. 교통 체증은 좀처럼 풀리지 않았다. 8차선 도로가 모두 꽉 차 있었다. 옆의 차에 타고 있는 남자아이가 연신 하품을 해댔다.

"어디 좀 들어가서 저녁 먹고 갈래?"

아빠가 물었다. 퉁명스러운 말투는 아니었다.

"그러든지."

안 그래도 아까부터 배에서 끊임없이 꼬르륵 소리가 났다.

아빠와 나는 두 블록 앞에 있는 카레 전문점으로 들어갔다. 입구에서부터 매콤한 카레 향이 물씬 풍겨왔다. 아빠는 스테이크 카레를, 나는 크림 새우 카레를 시켰다. 음식이 나오길 기다리며 피클을 집어 먹다가, 갑자기 엄마 아빠의 관계가 궁금해졌다.

"엄마랑 아빠는 어떻게 만났어? 선봤어? 혹시 정략결혼이었던 건 아니지?"

내 말에 아빠가 충격을 받았는지 사레가 들려버렸다. 기침을 정신없이 해대더니 황당한 얼굴로 나를 바라보았다.

"정략결혼?"

"이상하잖아. 그렇지 않고서야 그렇게 각자 살아갈 수가 있어? 마치 남처럼."

"뭐가 이상하다는 거야, 아까부터 얘는……"

"아빠랑 엄마는 그 흔한 부부 싸움도 안 하잖아."

"안 싸우는 것도 문제냐?"

"정말 몰라서 그래? 그럼 엄마랑 아빠가 정상이라고 생각해?"

"정상의 기준이 뭐 따로 있냐? 사람마다 다르고 부부마다 다른 거지."

말은 그렇게 해도 자신이 없는지 아빠는 내 시선을 피했다. 괜히 물을 벌컥벌컥 다 마셔버렸다. 마침 주문한 음식이 나왔다. 아무 말 없이 아빠는 스테이크 카레를, 나는 크림 새우 카레를 먹었다. 다른 사람과 왔으면 한 숟가락씩 바꿔 먹어봤을 거라고 생각했다.

식사를 마치고 차에 올라타며 나는 다시 물었다.

"그래서 아빠는 엄마의 어디가 좋았던 거야?"

"뭐?"

"정략결혼이 아니었다면 뭔가 좋은 점이 있었을 거 아냐."

"너 오늘 되게 이상하다. 이게 학교 숙제냐?"

"초등학생도 아니고, 이런 걸 숙제로 내주는 데가 어디 있어. 묻는 말에 대답이나 해봐."

사실 나도 내가 이상했다. 나는 아빠와 이렇게 많은 대화를 해본 적이 한 번도 없었다. 더군다나 그 주제가 아빠와 엄마라는 것은 상상도 할 수 없는 일이었다. 아빠가 운전하는 차에 타고 있었지만, 꼭 아빠가 내 인질로 잡혀 있는 것 같았다. 내 질문을 계속 받아야만 하는. 지금쯤 아빠는 나를 태우러 온 일을 후회하고 있을지도 몰랐다. 나는 도대체 왜 이러는 걸까?

"엄만 똑똑하잖아. 유능하고."

"고작 그거야?"

"고작이라니, 그게 얼마나 어려운데…… 엄마 대학 다닐 때 알아주는 독종이었어. 장학금 안 놓치려고 얼마나 열심히 공부하던지……"

"외갓집이 가난한 것도 아니었는데 꼭 장학금을 차지해야 했대?"

아빠는 아무 말 없이 차를 몰았다. 내가 한 말이 아빠를 좀 당황하게 만든 것 같았다. 거리를 꽉 메웠던 차가 반쯤 줄어 있었다. 도로의 차들이 순조롭게 미끄러져 갔다. 저 멀리 우리 아파트 단지가 보일 때까지, 아빠는 아무 말도 하지 않았다.

"엄마가 대학에 들어가던 해에 외할아버지는 회사에서 해고를 당하셨어. 부하 직원이 사고를 치는 바람에 불명예 퇴직을 하게 돼서 퇴직금도 제대로 못 받으신 거로 안다."

"……"

"맏이인 엄마 밑으로 동생들이 둘이나 더 있잖아. 엄마는 장학금이 필요했어."

"……"

"엄마는 지금도 외할아버지, 외할머니에게 생활비를 보내드리고 있을 거야."

"……"

"아빠가 프러포즈를 했을 때, 엄마가 말했거든. 자기는 부모를 부양해야 해서 일을 계속해야 한다고."

"……"

"물론 엄마가 외할아버지, 외할머니를 부양하기 위해서만 일하는 건 아니야. 너도 알다시피 엄마는 성취욕이 강한 사람이잖니. 참 지칠 만도 한데, 대단한 여자란 생각이 들어. 그게 네 엄마의 매력이다."

아빠의 말을 듣는 동안, 나는 얼굴이 발갛게 달아올랐다. 마음이 이상했다. 이번엔 내가 충격을 받은 것 같았다.

"근데 네 눈엔 우리가 그렇게 이상해 보이니? 우리가 그렇게 비정상인가?"

주차를 마치고 나오며 아빠가 물었다.

"정말 몰라서 묻는 거야?"

내가 톡 쏘자, 아빠가 움찔했다. 나는 내친 김에 끝까지 가보기로 했다.

"비정상 중에서도 비정상이야. 도대체 엄마는 아빠 같은 사람이 어디가 좋아서 결혼을 했대?"

"도대체 뭐가 문제라는 거야?"

아빠가 어이없다는 표정을 지었다.

"문제가 뭔지 모른다는 게 제일 문제야. 어떻게 모를 수가 있어?"

"……"

"하긴 둘 다 똑같으니까. 중간에서 나만 불쌍하지."

"얘가 점점……"

"자식이 돈만 있으면 키울 수 있는 존재라고 생각했어? 요즘엔 반려동물한테도 안 그래. 그럴 거면 자식을 왜 낳았대? 자식을 낳기 전에 자격시험을 봐야 한다니깐. 일정 교육을 마치고 기본 소양을 갖춘 사람들만 자식을 낳을 수 있게 허가해줘야 한다니깐. 나중에 두고 봐, 내가 어떻게 하나. 둘 다 늙어서 힘없어지면 내가 찾아올 거라고 기대도 하지 마."

나는 한바탕 쏟아내고 차 문을 열고 나왔다.

"허 참. 쟤가 왜 저래? 뭘 잘못 먹었나? 아주 날을 잡았네, 잡았어."

아빠가 혀를 차는 소리가 등 뒤에서 들려왔다. 그러거나 말거나 나는 빠른 걸음으로 도망쳤다.

집에 돌아오니, 엄마는 없었다. 엄마는 오늘도 야근인 모양이었다. 어젯밤에 희수 곁을 지키느라 잠도 제대로 못 잤을 엄마가 조금 염려되었다. 부부 사이에 아무 문제가 없다고 큰소리치던 아빠는 아무것도 모른 채 맥주를 마시며 야구 경기를 보느라 정신이 없었다.

나는 내 방으로 들어와 침대에 벌러덩 드러누워 생각해보았다. 나는 오늘 왜 그랬을까? 새삼스럽게 엄마와 아빠의 관계가 궁금했던 것은 아니다. 아빠에게 불평을 늘어놓으려고 작정한 것도 아니었다.

나는 단지 엄마에 대해 알고 싶었던 것 같다. 어젯밤 엄마에게서 발견한 낯선 모습에 대해 좀더 알고 싶었던 모양이다. 아빠의 말은 내가 잘못 본 게 아니라고, 착시 현상 같은 게 아니라고 말하는 것 같았다.

오늘 밤은 꼭 엄마를 맞아주고 싶었지만, 피로가 몰려왔다. 나도 모르게 깊은 잠에 빠져들고 말았다.

새벽녘에 나는 꿈을 꾸었다. 꿈속에서 희수처럼 병원에 입원해 있었다. 환자복을 입고 팔에는 링거를 꽂고 있었다. 누군가가 내 옆에서 침대에 팔을 괸 채 잠들어 있었다. 머리카락에 가려 얼굴이 보이지 않았다.

누구였을까?

아침에 잠에서 깨어났을 때도 꿈의 장면이 생생하게 떠올랐다. 하지만 밤새 내 옆에 있어준 사람이 누구였는지 알 수 없었다. 처음에 나는 아줌마였다고 생각했다. 그런데 어느 순간, 엄마일지도 모른다는 생각이 들었다.

나는 왜 그런 꿈을 꾸었을까?

지금, 우린

놀이터에는 아이들이 한 명도 없었다. 오래전 희수와 나는 이곳에서 머리카락을 뜯고 싸웠다. 아줌마를 처음 만난 곳도 여기였다. 아줌마가 입고 있던 노란색 잔꽃무늬 원피스가 살랑살랑 흔들리던 모습이 눈에 선했다.

희수와 나는 빈 놀이터의 중앙에 있는 그네를 하나씩 잡아 탔다. 낡고 녹슨 그네는 그때보다 15센티미터 이상 키가 더 자라고 몸무게도 훨씬 무거워진 나를 지탱하기 힘들다는 듯 휘청했다. 반면에 희수는 여전히 날렵한 몸매를 뽐내며 능숙하게 공중으로 떠올랐다. 한동안 우리는 별말 없이 그네만 탔다. 이따금 희수가 혀를 쏙 내밀며 장난을 걸었다. 나는 피식 웃고 말았다.

"자, 이거 받아."

희수가 얄팍한 책자를 내밀었다.

"이게 뭐야?"

"레시피 북."

"레시피 북?"

"그동안 우리가 만든 레시피로 만든 책이야. 이모가 출판사에
다니는 친구한테 부탁해서 만들어줬어."

희수가 미소를 지었다.

나의 시선이 희수의 얼굴에서 희수가 건넨 책자로 옮겨졌다. 나
는 물끄러미 책자의 표지만 응시했다. 미동도 할 수 없었다. 무언
가, 어떤 힘 같은 것이 나를 사로잡고 있었다.

표지 한가운데에는 원 테이블이 놓여 있었다. 하얀색 칠을 한 나
무 위에 파란색 타일이 박힌 직사각형의 커다란 식탁. 식탁 한가운
데에는 노란색 튤립 두 송이가 꽂힌 유리 화병이 놓여 있었다. 화
병 양옆으로 불 켜진 자그마한 초가 반짝였다. 그리고 그 위에 '원
테이블 식당 레시피'라고 적혀 있었다.

"세상에 단 두 권밖에 없는 책이야. 그건 네 거야."

희수가 말했다.

나는 숨을 크게 들이마시며 표지를 넘겼다.

떡국이 첫번째 요리였다.

이전 것은 지나가고 새것이 되어라, 얍!

하얀색 사기 그릇에 탐스럽게 담긴 떡국 사진 아래, 아줌마의

주문이 새겨져 있었다. 주문처럼 희수는 깊은 잠에서 깨어났다. 긴 우주여행을 마치고 내 옆으로 돌아와주었다. 나는 고개를 돌려 희수를 바라보았다. 같은 생각을 했는지, 희수가 나를 보며 씽긋 웃었다.

열두번째 요리는 치즈 떡볶이였다. 열두 살, 희수와 싸우고 희수네 집에 처음으로 초대받은 날, 내가 처음으로 먹은 아줌마의 요리였다.

나는 살며시 눈을 감았다. 아줌마가 뚝딱뚝딱 떡볶이를 만드는 소리가 들리는 것 같았다. 나와 희수는 소파에 뚱하게 앉아 있고, 창문으로 늦은 오후의 강렬한 햇살과 함께 봄바람이 솔솔 불어왔다. 레이스 커튼이 펄럭이고 아줌마의 콧노래와 매콤한 떡볶이 냄새가 주위를 맴돌았다.

그날, 나는 처음으로 아늑하다거나 평화롭다는 감정에 취해 있었다. 새빨간 떡볶이 위에 치즈 가루가 녹아내리고 또 그 위에 파슬리 가루가 뿌려진, 뭔지 모르게 특별했던 떡볶이는 분명히 아줌마가 마법의 가루를 몰래 뿌린 것이었다. 그날로 나는 아줌마의 마법에 걸려들었다.

나는 아줌마에게서 진정한 위로를 느꼈다. 그건 우리 엄마에게서는 한 번도 느껴보지 못한 것이었다. 엄마에게 야단맞고 속상해하는 나를 아줌마는 꼭 안아주었다. 아줌마는 아무 말도 하지 않았지만, 한동안 그렇게 있다 보면 어느새 마음이 녹아내렸다. 늘 혼자 남겨졌던 오후의 적막으로부터 나를 건져내준 사람도 아줌마였다. 아줌마네 집 근처에만 가도 나는 마음이 따뜻해졌다.

"그날 아줌마는 노란색 꽃무늬 원피스를 입고 계셨지. 아줌마의 웃음소리를 듣는 게 참 좋았어."

무심코 이야기를 꺼내고는 희수의 눈치를 살폈다. 아줌마 얘기를 꺼내도 괜찮은 걸까? 희수의 마음을 아프게 한 것은 아닌지, 염려가 되었다.

"우리 엄마는 나를 일찍 떠나게 될 줄 알았나 봐. 그렇게 많은 요리를 끊임없이 해주고 그렇게 많은 시간을 나와 놀아준 걸 보면. 다른 엄마들이 평생에 걸쳐 해줄 수 있는 일을 16년 동안 모두 해주고 간 거야."

나의 염려를 불식시키듯 희수가 말했다. 희수의 입가에 미소가 맴돌았다. 웃는 모습이 아줌마를 닮아 있었다.

스물아홉번째 레시피는 바질 페스토 파스타였다.

"네가 인터넷으로 레시피를 미리 찾아보고 온다는 걸 알고 있었어."

희수가 말했다.

"뭐라고? 그걸 알고도 가만히 있었던 거야?"

"응."

"왜?"

"사실 레시피는 너를 내 옆에 붙잡아두기 위한 구실이었거든."

나는 아무 말도 하지 못했다. 여러 가지 생각이 떠올랐다. 레시피는 처음엔 내가 희수를 붙잡기 위한 도구였다. 언젠가부터 레시피를 이용해서 우리의 관계를 유지하려고 했던 사람은 희수가 되었던 거다. 하지만 이젠 레시피로도 어쩔 수 없게 되었다.

"그리고 가끔은 나도 그랬어."

"정말이야?"

나는 정말 깜짝 놀랐다.

"그렇지 않고 무슨 수로 이렇게 많은 요리를 할 수 있었겠어? 엄마가 요리를 할 때마다 항상 옆에 있었던 것도 아닌데……"

희수가 배시시 웃으며 혀를 쏙 내밀었다.

나는 희수에게 눈을 흘겼다. 하지만 이 앙큼한 계집애가 조금도 밉지 않았다.

서른번째 레시피는 티라미수였다. 티라미수는 희수 혼자 만들었다. 희수가 만든 티라미수의 맛은 어땠을까? 혼자 마트에 가고, 티라미수를 만들고, 레시피를 적고, 사진을 찍으면서 희수의 마음은 어땠을까? 새삼스럽게 눈시울이 뜨거워졌다. 나는 서둘러 책장을 넘겼다.

마지막 페이지에는 피칸 파이가 있었다. 피칸 파이가 마지막 레시피가 될 줄은 아무도 몰랐다. 하얀 바탕에 금색 테두리를 한 접시에 놓인, 제법 그럴듯한 동그란 피칸 파이를 나는 오랫동안 바라보았다.

"세영아."

희수가 내 이름을 불렀다. 느리게 또박또박. 뭔가 심각한 얘기를 하려는 사람처럼.

"내가 아파하는 동안, 옆에 있어줘서 고마워. 내가 충분히 아파할 수 있도록 기다려줘서 고마워."

희수가 말했다.

"넌 나에게 엄마의 빈자리를 채워주었어."

말을 하면서 희수가 얼굴을 붉혔다.

"하지만 이모 말이 맞아. 넌 우리 엄마가 아니잖아? 넌 고작 열여덟 살 소녀일 뿐이야. 난 엄마가 없는 열여덟 살 소녀고. 우린 그렇게 살아가야 해. 우리 자리에서 그렇게."

희수가 애써 담담한 어조로 말했다. 용기를 내는 중인 것 같았다.

"이제 나도 성장을 시작할 수 있을 것 같아. 하지만 나는 너나 다른 아이들과 같은 속도로 갈 수는 없을 거야. 너무 숨이 가빠. 대신, 다시는 주저앉지 않겠다고 약속할게."

말을 마친 희수가 손을 내밀었다. 나는 머뭇거렸다. 희수의 손을 잡는 순간, 뭔가 커다란 변화가 일어날 것만 같았다. 희수가 손을 흔들었다. 빨리 잡으라는 뜻이었다. 나는 마침내 그 손을 잡았다. 희수가 나를 끌어당겨 꼬옥 안았다. 오래전에 내가 그랬던 것처럼.

"나는 외갓집에서 살 거야. 이모랑 외할머니와 함께. 우리 이모 돌싱이거든. 결혼 3년 만에 이혼하고 돌아왔어. 거기서 우리 세 여자가 다시 시작할 거야."

희수가 제법 씩씩한 얼굴로 말했다.

"냉장고에 붙어 있는 엄마 사진도 이젠 앨범 속에 보관할 거야."

"아줌마 사진을? 왜?"

"엄마는 한 달에 한 번만 만나기로 했어. 매일 만나면 내가 얼마나 성장했는지 엄마가 잘 알 수 없잖아. 한 달 동안 열심히 커서 엄마를 만날 거야."

"레시피는? 이제 그만둘 거야?"

"물론이야. 너도 눈치챘겠지만 난 엄마의 요리 솜씨를 물려받지 못했어. 그건 내 길이 아니야."

나는 킬킬킬 웃으며 고개를 끄덕였다. 희수는 내가 생각했던 것보다 훨씬 영리했다. 앙큼한 계집애 같으니라고.

"이제 나 들어갈게. 할머니가 된장찌개 끓여놓고 기다리고 계실 거야. 되도록 집에 많이 있으려고 해. 할머니랑 같이 지낼 날도 얼마 남지 않았거든."

"연락할 거지?"

"물론. 하지만 당장은 아니야. 내가 너한테 더 이상 의존하지 않을 자신이 생기면, 그때 연락할게."

우리는 헤어지기 전에 한 번 더 얼싸안았다. 코끝이 찡했다. 희수의 눈가도 촉촉이 젖어 있었다. 나에게 들키지 않으려고 희수가 서둘러 시선을 돌렸다.

희수가 돌아서서 걸었다. 몇 발자국 걷다가 희수가 돌아서서 소리 질렀다.

"그리고 너희 엄마 좋은 분 같아. 그러니까 엄마 속 좀 그만 썩이고 철 좀 들어라!"

그러더니 깔깔깔깔 웃었다. 나도 눈을 흘기며 따라 웃었다.

희수가 다시 돌아서서 걸었다. 희수는 다시 돌아보지 않았다. 마음을 굳게 먹기 위해 일부러 그러는 것 같았다.

나는 그러지 못했다. 희수의 뒷모습을 바라보는 내내 눈앞이 뿌옇게 흐려졌다. 마침내 희수가 눈앞에서 완전히 사라졌을 때, 나는 엉엉 울고 말았다.

❧

한밤중에 부스럭부스럭 소리가 났다. 선잠에서 깬 나는 방문을 열고 거실로 나왔다.

엄마가 짐을 싸고 있었다. 한밤중에 거실 한복판에서 소음까지 내가며 짐을 싸다니, 엄마다웠다. 남이야 잠에서 깨든 말든 무슨 상관이겠는가. 그러면 그렇지. 이게 우리 엄마의 진짜 모습이지. 하마터면 영영 속을 뻔했다.

"어디 가?"

나는 하품을 하며 물었다.

"출장."

"어디로 가는데?"

어디로 가든 관심도 없지만 그냥 물어보았다. 엄마가 해외 출장을 가는 일은 예사로운 일이었다.

"캐나다."

"며칠?"

짧게는 2박 3일, 길게는 1주일 넘게, 엄마는 수없이 해외 출장을 다녀왔다. 엄마가 며칠씩 집을 비우는 것도 나에겐 익숙한 일이었다. 그러니까 나는 아무 의미 없이 엄마에게 물어본 거였다.

"1주일."

대답을 하며 엄마가 나를 힐긋 보았다.

"같이 갈래?"

엄마가 말도 안 되는 질문을 던졌다. 도대체 의도가 뭔지.

"학교는 어떻게 하고?"

나는 분명히, 말도 안 되는 농담 그만하라는 의미였다. 그런데 엄마의 입에서 예측하지 못한 대답이 튀어나왔다.

"결석하지 뭐."

결석? 지금 나한테 1주일씩이나 결석을 하란 말이야? 그것도 무단결석을? 도대체 이게 우리 엄마 입에서 나온 말이 맞는 걸까? 어이가 없어서 저절로 입이 쩍 벌어졌다.

"안 될 것도 없지 뭐. 체험 학습인가 뭐 그런 거 신청하면 며칠씩 학교에 안 가도 된다며?"

그런 건 또 어디서 알아본 거지? 내 학교생활에는 눈곱만큼도 관심이 없던 사람이? 나는 여전히 엄마를 의아한 표정으로 바라보았다. 엄마가 생전 처음 보는 사람만큼이나 낯설었다.

"당장 떠날 거 아니야. 1주일 후에 출발할 거야. 그때까지 잘 생각해봐."

엄마는 다시 짐을 싸기 시작했다. 시간이 1주일이나 남았는데 벌써부터 짐을 싼다는 게 이상했다. 그것도 한밤중에 잠자는 사람까지 깨워가며 난리를 피워대다니, 이건 또 무슨 오버람? 아무리 기간이 1주일이라고 해도, 엄마처럼 출장을 많이 다닌 사람한테는 짐 싸는 일은 일도 아니었다.

"내 여권 만료된 지 이미 한참 되었을걸?"

"그건 걱정할 필요 없어."

이건 또 무슨 소릴까?

"내가 이미 갱신해놨어. 미성년자라 좋더라, 대리 신청도 할 수 있고."

엄마가 킥킥킥 웃으며 말했다. 킥킥거리며 웃는 모습을 보니 더 낯설었다.

"정말 나랑 같이 갈 생각이야?"

"응. 너만 괜찮으면."

나만 괜찮으면? 엄마가 언제부터 내 의견을 존중해주었지? 그러고 보니 엄마는 나를 방치하기는 했지만, 나에게 간섭하거나 강요한 적은 없었다. 그건 엄마 나름의 방법으로 나를 존중해주었던 것일까? 새삼스럽게 우리 엄마 같은 엄마에게도 장점이 있다는 생각이 들었다.

"사실 마지막 3일은 휴가 쓴 거야. 너랑 같이 여행하려고."

나랑 같이 여행을 하기 위해 일부러 휴가를 썼다고? 나는 정말 우리 엄마가 맞는지 확인하기 위해 엄마의 얼굴을 유심히 들여다보았다. 엄마는 애써 아무렇지도 않은 표정을 지으려 했다. 내가 계속 쳐다보니까, 엄마가 눈을 흘겼다. 나와 같은 고양이 눈이었다.

나는 일단 내 방으로 후퇴했다. 다시 불을 끄고 침대에 누워 생각했다. 캐나다? 캐나다에 간다고? 거기가 뭐로 유명하지? 로키 산맥, 새빨간 단풍잎, 메이플 시럽이 생각났다.

그리고 아주 커다란 궤도가 생각났다. 비행기를 타고 캐나다에 갔다 오는 것은 지름이 아주 큰 궤도를 그리는 일 같았다. 그렇게 생각하자 나쁠 게 없을 것 같았다. 아니, 가슴이 조금 설렜다.

엄마는 여전히 부스럭거리며 짐을 쌌다. 서툴게 엄마가 손을 내밀었다. 화해하고 싶은 모양이었다. 이미 많이 늦었지만, 다시 시작하고 싶은 모양이었다.

나는 갑자기 우리 교실에 붙어 있는 급훈이 떠올랐다. '늦었다고 생각할 때가 가장 빠른 때다.' 나이만 먹었지 나만큼 서툰 엄마의 손을 나는 잡아주기로 했다.

"망고나무에 망고는 언제 열릴까?"

카페 망고의 창가에 앉아, 김시현이 내게 물었다.

뜬금없는 질문이었다. 방금 전에 나는 김시현에게 희수에 대한 이야기를 들려주었다. 희수와 처음 만난 일, 원 테이블 식당에서의 수다, 아줌마와의 약속, 희수와 함께했던 레시피 작업, 희수와

146

싸운 일, 그리고 희수와 잠시 헤어지기로 한 일.

열두 살 봄에서 열여덟 살 가을까지의 이야기가 한 시간이 채 못 되어 끝났다. 다른 사람에게 희수와 나의 이야기를 들려준 것은 처음이었다.

"이게 그 레시피들이야?"

김시현의 시선이 내 손에 들려 있는 『원 테이블 식당 레시피』로 향했다. 나는 고개를 끄덕였다.

"한번 봐도 돼?"

나는 김시현에게 책을 넘겨주었다. 김시현은 내가 그랬던 것처럼 표지부터 한 장 한 장 진지하게 살펴보았다. 김시현의 시선이 멈춘 곳은 붉은 자장면 레시피였다. 춘장 대신 두반장과 고춧가루를 넣어 매콤하게 만든 것이었다.

"이거 맛있어?"

"왜, 먹어보고 싶어?"

"응."

김시현의 시선은 여전히 붉은 자장면에 꽂혀 있었다. 그렇게 궁금하면 레시피를 보내줄 테니 한번 만들어보겠냐고 물으려는 순간, 김시현이 입을 열었다.

"우리 할아버지가 시골에서 중국집을 했어."

"할아버지가?"

"응. 나는 할아버지, 할머니와 함께 살았어."

"……"

"난 쌍둥이로 태어났거든. 쌍둥이 누나가 선천적으로 심장이 약
해서 엄마가 나까지 돌볼 수가 없었어. 열두 살이 될 때까지 누나
는 엄마 아빠와 살았고, 나는 할아버지 집에서 살았지. 그동안 웬
만한 중화요리는 다 먹어봤어. 할아버지가 만들어준 자장면은 먹
어도 먹어도 물리지가 않았거든. 나는 서울에 온 후에도 한 달에
한 번씩은 꼭 할아버지가 만든 자장면을 먹으러 갔어. 엄마 아빠랑
같이 간 게 아니라 나 혼자 갔어. 어쩌면 오래간만에 재회한 가족
들과 있는 시간이 어색해서 할아버지한테로 도망을 갔던 것인지도
몰라."

"아……"

나는 고개를 끄덕였다. 김시현의 마음을 이해할 수 있을 것 같
았다.

"할아버지는 내가 가는 날에는 가게 문을 닫고 터미널에 나와 나
를 기다리셨지. 아무리 더워도, 아무리 추워도 할아버지는 한 시
간도 넘게 미리 나와서 나를 기다리셨어. 그러지 말라고 해도 꼭
터미널까지 나오셨어. 가게에 도착하면 '영업 끝'이라고 적힌 푯말
을 가게 문에 걸고 본격적인 요리를 시작하셨지. 나를 위해 수타면
을 정성껏 준비하신 거야. 쫄깃한 면발 위에 따끈따끈한 자장이 부
어지면 나는 정신없이 먹어댔지. 어떤 때는 한자리에서 세 그릇도
먹었어."

나는 김시현의 얘기를 들으며 할아버지의 흐뭇한 미소를 떠올릴
수 있었다. 할아버지의 깊은 주름마다 행복과 만족이 가득했을 것

이다.

"붉은 자장면도 먹어봤어?"

"아니, 할아버지는 붉은 자장면은 모르셨던 것 같아."

"할아버지에게 레시피를 보여드리고 싶어?"

"아니."

김시현이 미소를 지으며 고개를 저었다.

"할아버지는 재작년에 돌아가셨어."

"아……"

"고등학교에 들어가면서 나는 할아버지 집으로 가지 않았어. 이런저런 바쁜 일들도 있었고, 가족들과도 더 이상 어색하지 않게 되었고, 시골 자장면보다 친구들과 먹는 피자나 햄버거가 더 좋았고…… 그러니까 할아버지와의 시간보다 여기 이곳에서의 시간들이 더 좋아졌던 거야."

"아……"

"그런데 갑자기 할아버지가 돌아가셨다는 소식을 들었어."

김시현의 목소리가 미세하게 흔들렸다.

"매달 나를 기다리셨을 할아버지를 생각하니 마음이 아팠어. 자책과 상실감 때문에 나는 오랜 시간 헤맸던 것 같아."

나는 김시현의 마음을 이해할 수 있었지만, 아무 말도 할 수 없었다. 어떤 말이 위로가 될지도 알 수 없었다.

"할아버지 집에는 커다란 감나무가 있었는데, 가을에 감이 주렁주렁 열리면 늘 나한테 해주시던 말씀이 있었어. 아까 너와 희수라는 아이의 이야기를 들을 때 그 말씀이 생각났어."

김시현이 나를 바라보며 말했다.

"나도 마음이 약한 아이였거든. 길에서 울고 있는 아이를 보면 발을 동동 구르면서 안절부절못하곤 했지. 그런 내 모습을 보면서 할아버지는 염려가 되셨던 것 같아. 할아버지는 나뭇가지에서 감하나를 따서는 내게 건네며 말씀하시곤 했지. 그 말을 너한테도 해주고 싶어."

김시현은 잠시 말을 멈추고 나를 응시했다.

"할아버지는, 내 손에 들고 있는 단 하나의 열매를 줘버리는 것만이 방법은 아니라고 하셨어. 나 자신에게도 시간을 주라고. 내가 큰 나무로 자라서 열매를 주렁주렁 맺을 수 있는 시간을 주라고. 그러고 나서 그 열매를 따 줘도 된다고. 그럼 열매를 따 주고도 나에게 열매가 남아 있을 거라고."

"내가 나무로 자라날 시간?"

"응. 나무가 되어 열매를 맺을 시간."

김시현이 고개를 끄덕이며 대답했다.

나는 조용히 김시현이 들려준 말을 되새겨보았다. 샛노란 망고 주스가 담겨 있는 유리잔을 만지작거리며, 망고나무를 본 적은 없지만 망고가 주렁주렁 달린 나무를 머릿속에 그려보았다.

"내가 할아버지를 그렇게 외롭게 돌아가시게 했다는 자책에서 벗어날 수 있었던 것도 할아버지의 말씀을 다시 떠올렸기 때문이야. 나는 나무가 되기 위해서, 열매를 맺기 위해서 다시 학교로 돌아왔어."

김시현이 시선을 창밖으로 돌렸다. 나도 따라 창밖을 바라보았다. 10월이 되었는데도 플라타너스는 여전히 푸르고 무성했다. 그 아래를 사람들이 지나다녔다. 종종걸음으로 바쁘게 걸어가는 사람, 휴대전화로 통화를 하며 웃음을 머금은 채 걷는 사람, 자전거를 타고 지나는 사람, 한 손에 든 비닐봉지를 흔들며 느리게 걷는 사람, 도란도란 이야기를 나누며 걷는 사람들. 멀리서 보면 모두 비슷해 보이는데, 자세히 보니 사람들의 모습은 제각각이었다.

"엄마와 여행을 갈 거야. 엄마와 단둘이 여행을 가는 건 처음이야. 우리 엄마는 항상 바빴거든. 사실 이번 여행도 엄마가 회사 출장 가는 길에 따라가는 거야. 엄마가 일하는 동안은 혼자 놀다가, 업무가 끝나고 난 뒤 3일 동안만 둘이 같이 돌아다닐 거야."

"엄마와 화해하기로 한 거야?"

"어쩌면 고양이 눈 말고도 내가 엄마를 닮은 구석이 더 있는지 모른다는 생각이 들어. 내가 엄마와 같은 건 무엇이고 다른 건 무엇인지 찾아볼까 해."

"재밌을 거 같은데?"

김시현이 미소를 지었다. 어쩐지 열아홉 살다운 미소 같았다. 열여덟 살에는 결코 지을 수 없는.

"저번에 궤도에 대한 이야기를 했잖아…… 자신의 궤도라고 했던가?"

"응, 맞아."

"나도 나만의 궤도를 그릴 시간이 필요한 것 같아. 여행 기간 동안 나 자신과 만나는 시간을 가져볼 생각이야. 어쩌면 나를 방치한 것은 나 자신이었는지도 모르겠어. 그러고 나면 나도 세상의 궤도 안으로 돌아올 수 있을 것 같아."

말을 하는 동안 나는 좀 부끄러워져서 얼굴이 달아올랐다. 나답지 않게 너무 어른스러운 말을 한 것일까? 아니, 누군가에게 나의 미래나 계획에 대해 말하는 것이 너무 오랜만이어서일까? 그래서 나는 유리잔을 붙잡고 그 안에 든 노란색 망고주스만 보고 있었다. 의지할 것은 그것밖에 없다는 듯이.

테이블을 가로질러 김시현의 손이 내 손 위에 포개졌다.

"나도 너를 응원할게."

김시현이 말했다.

나는 고개를 들고 씩, 웃었다. 지원군을 얻으니 갑자기 힘이 불끈 솟아나는 것 같았다.

석양이 플라타너스를 예쁘게 물들이려 했다.

그러면 나는 거인의 손바닥 같은 플라타너스 잎들 사이사이로 애플망고처럼 붉고 탐스러운 열매가 주렁주렁 열린 것 같은 착각에 빠질 것이다.

이제 나도 성장을 시작할 수 있을 것 같아. 하지만 나는 너나 다른 아이들과 같은 속도로 갈 수는 없을 거야. 대신, 다시는 주저앉지 않겠다고 약속할게.

희수의 목소리가 귓가에서 맴돌았다. 아마도 희수도 나처럼 나무로 자라기 위해 애를 쓰고 있을 것이다. 우리는 언젠가 나무가 되어 다시 만나게 될 것이다. 망고처럼 예쁜 열매를 주렁주렁 매달 아야지.

가슴이 설레서 나는 눈을 질끈 감았다.

작가의 말

나는 다작을 하기는 글렀다고 생각한다.

탁월함으로 빛날 수 있는 나이도 지났다.

얼마 전에는 오래전에 써놓은 성인 소설—몇 편의 단편과 장편 하나—을 다시 꺼내 들었다가 결국 폐기 처분했다.

인생에 한계를 긋는 것도 나쁘지 않다고 생각한다. 아니, 때로는 좋은 일이다. 나는 기가 죽거나 겸손한 체하려는 것이 아니라, 선택하고 집중하려는 것이다.

나는 조금씩 세계를 넓혀가고 조금씩 깊어질 생각이다. 그렇게 해서 새롭게 깨닫게 된 것이 있으면 거기에 웃음과 눈물이라는 양념을 적절히 배합해서 맛깔스러운 성장소설을 쓰는 것, 이것이 나의 꿈이다.

나는 여전히 꿈을 꿀 수 있어서 행복하다.

『원 테이블 식당』은 나의 세번째 책이자, 세번째 성장소설이다.

나의 첫 성장소설은 부모로 인해 상처받은 아이에 대한 것이었다.

두번째 성장소설은 정체성에 대한 것이었다.

『원 테이블 식당』은 '남을 돕는 일의 어려움'에 대한 탐구다. 남을 돕는 일에도 한계를 그어야 할 때가 있다. 우리가 할 수 있는 일과 할 수 없는 일이 있기 때문이다.

그래서 나는 이렇게 생각한다.

아이들에게는 어른이 필요하고,

인간에게는 신이 필요하다.

나는 성장소설을 쓰는 것을 씨앗을 심는 일이라고 생각한다.

『원 테이블 식당』이 부디 좋은 씨앗이기를!

필명을 지어주시고 많은 가르침을 주신 윤은희 목사님께 감사드린다.

부족한 책이 세상에 나올 수 있도록 수고해주신 모든 분께 감사드린다.

2019년 가을,
유니게